江户川乱步全集·明智小五郎系列

白色羽毛之谜

〔日〕江户川乱步　著

叶荣鼎　译

山东画报出版社

图书在版编目（CIP）数据

白色羽毛之谜 /（日）江户川乱步著；叶荣鼎译. --济南：山东画报出版社，2022.3

（江户川乱步全集·明智小五郎系列）

ISBN 978-7-5474-3951-7

Ⅰ.①白… Ⅱ.①江… ②叶… Ⅲ.①儿童小说-侦探小说-日本-现代 Ⅳ.①I313.84

中国版本图书馆CIP数据核字（2021）第136277号

BAISE YUMAO ZHI MI

白色羽毛之谜

〔日〕江户川乱步 著 叶荣鼎 译

责任编辑 梁培培
封面设计 光合时代

出 版 人 李文波
主管单位 山东出版传媒股份有限公司
出版发行 山东画报出版社
        社 址 济南市市中区舜耕路517号 邮编 250003
        电 话 总编室（0531）82098472
            市场部（0531）82098479 82098476（传真）
        网 址 http://www.hbcbs.com.cn
        电子信箱 hbcb@sdpress.com.cn
印 刷 山东新华印务有限公司
规 格 787毫米×1092毫米 1/32
        7印张 100千字
版 次 2022年3月第1版
印 次 2022年3月第1次印刷
书 号 ISBN 978-7-5474-3951-7
定 价 36.00元

如有印装质量问题，请与出版社总编室联系更换。

译者序

　　红极一时的日本动漫《名侦探柯南》的作者漫画家青山刚昌，孩提时代曾是江户川乱步的超级追星族，他笔下的主人公江户川柯南的姓就取自日本推理文学鼻祖江户川乱步，名则取自英国的柯南·道尔。

　　日本作家历来都有用笔名的传统，江户川乱步本名平井太郎，早年就读于早稻田大学经济学专业，江户川就在早稻田大学旁边。巧合的是，"江户川"的日式英语发音"edogawa（爱多嘎娃）"，与"Edgar a-（埃德加·爱）"的发音极其相似；

"乱步"的日式英语发音"ranpo（兰波）"，与"llan Poe（伦·坡）"的发音又十分相近，故而决定以"江户川乱步"为笔名。从此，这个名字陪他度过了四十年推理文学创作生涯，也成为日本推理文学史上不可逾越的高峰。

1923年，乱步在《新青年》杂志上发表处女作《两分铜币》，引发轰动。当时的编者按这样写道："我们经常这样说，《新青年》杂志上总有一天将刊登本国作者创作的侦探小说，并且远远高于欧美侦探小说的创作水平。今天，我们终于盼来了这一兴奋时刻。《两分铜币》果然不负众望，博采外国作品之长，水平遥遥领先于外国名作。我们深信，广大读者看了这篇小说后一定会深以为然，拍案叫绝。作者是谁？是首位登上日本侦探文坛的江户川乱步。"

1925年，乱步发表小说《D坂杀人事件》，成功塑造了日本推理文学史上的第一位名侦探——明智小五郎。其后，他又陆续创作了《怪盗二十面相》《少年侦探团》等脍炙人口的作品，其中的"怪盗二十面相""少年侦探团"等角色已经突破了类型文学的束缚，成为世界文学史上的典型形象，先后多次被搬上各种舞台，改编成各种各样的影视、动漫作品。

第二次世界大战爆发后，江户川乱步因作品被禁止出版，投笔抗议，公开发表《作者的话》："我撰写的小说主要是把侦探、推理、探险、幻想和魔术结合在一起，让读者富有想象力和创造力。人类必须怀有伟大的梦想，经过不断的努力，才会创造出伟大的时代。没有梦想，没有幻想，就没有科学。历史已经证明，科学的进步多取决于天才的幻想和不懈努力。科学进步了，人民才会过上好日子。可是今天的战争，毁掉了科学，毁掉了人民的梦想，日本人民将会被一个不剩地当作炮灰，却还是避免不了失败的结局。"

1947年，日本侦探作家俱乐部成立，乱步被推举为主席。俱乐部在1963年改组为日本推理作家协会，至今仍是日本最权威的推理作家机构。1954年，乱步在六十大寿之际，个人出资100万日元，设立"江户川乱步奖"，用以激励年轻作家。在之后的半个多世纪里，以东野圭吾为代表的一大批优秀的日本推理文学作家通过这个奖项脱颖而出，他们的成绩也使得"江户川乱步奖"成为日本推理文坛最权威的大奖。

1961年，为表彰乱步在推理文学界的杰出贡献，日本政府为其颁发"紫绶褒勋章"（授予学术、艺术、运动领域中贡献卓著的人）。1965年，乱步突发脑出血去世，获赠正五位勋三等瑞宝章。为纪念乱步，名张市建有"江户川乱步纪念碑"与"江户川乱步纪念馆"，丰岛区设有"江户川乱步文学馆"，供日本与世界的爱好者与学者瞻仰和研究。

《江户川乱步全集》作为乱步作品之集大成者，先后出版了多个版本，加印数十次，总印数超过一亿册，迄今已有英、法、德、俄、中五大语种版本问世。衷心希望诸位读者能够通过这一版的中文译本，回望日本推理文学的滥觞，领略一代文学大家的风采。

是为序。

2021年元旦于上海虹桥东华美寓所

目　录

贵族家庭

"大概是这幢房屋吧？"

武彦庄司抬起头打量了一番大河原家两扇高大的门，自言自语。

站在大门前宽敞的石台阶上，犹如站在古建筑门口。眨眼间，武彦庄司仿佛觉得自己成了古装戏中的演员，太不可思议了。

他调整好情绪，然后按响门铃。门开了，身着崭新的藏青色立领装的十五六岁少年，彬彬有礼地问道："请问，您是哪一位？"

"这是我的名片，今日登门拜访贵府主人，请通报一声。"

武彦庄司递上名片和家父的亲笔信。少年恭恭敬敬地接过名片和信，转身朝里屋走去。

顿时，周围又变得无声无息，犹如身处万籁俱寂的深山老林里。

武彦庄司慢慢地扫视四周，眼前这幢被茂密树林包围的古建筑，貌似古代城堡，不停地散发着大贵族阶层财大气粗、咄咄逼人的气味。

楼房背后的不远处，是一幢英国风格的欧洲建筑。两幢建筑的中间，隔着茂密的树林。

"请进！"

片刻，大门开了，传来亲切的声音。武彦庄司连忙转过脸来，大门内侧站着那位刚才从门口探出脸的少年。

武彦庄司跟在少年身后，朝屋里走去。

走廊很长，弯弯曲曲。转了两个弯后，武彦庄司终于被请进宽敞明亮却阴气十足的西式房间。

朝北的整个一面墙是一长排书橱。书架上摆满了各种书。

这哪像会客室，简直像主人的书房。武彦庄司一边琢磨一边坐在长椅上，心神不定地打量着整个房间。

大约一支烟工夫，主人大河原义明走了进来，身穿夹衣，腰系绸带。

武彦庄司诚惶诚恐，欲起身行礼。大河原义明挥挥手，示意免礼，自己则坐在他对面的座位上。

"别紧张！我和你并非初次见面，从你父亲那里也听说了许多。"大河原义明说。

武彦庄司的父亲，是京丸株式会社的社长，在银座一带是小有名气的书画古董商。大河原义明，是京丸公司的重要客户之一。

武彦庄司的父亲经常到这里来，与大河原义明感情甚笃。

去年，武彦庄司大学毕业，原打算到京丸公司当父亲的助手。可他现在并没有从事家业，而是每天待在家里与小说为伴，是一名文学青年。在浩瀚的书海中，他最爱读侦探推理小说。

有一次，他父亲与大河原义明议论书画古董

时，顺便说起了武彦庄司的嗜好，引起大河原义明极大的兴趣，执意聘请武彦庄司当他的秘书。

"怎么样，有信心做我的秘书吗？"

大河原义明征求武彦庄司的意见。在此之前，武彦庄司整整思考了两天，最后决定去大河原义明那里工作。武彦庄司之所以下决心结束无忧无虑的自由生活，选择做大河原义明的秘书是有原因的。

贵族出身的大河原义明与自己有着共同的兴趣爱好，即也嗜好读侦探推理小说。当然，大河原义明也是因为武彦庄司对侦探推理小说如痴如醉，遂决定聘请他担任自己的秘书。

"先说一下工作的内容吧！其实，秘书也不是一项很复杂的工作。你呢，从今天起就等于是我家里的一员，帮我做一些杂事就行了。例如写信收信、整理各种各样的书籍，有时候吩咐你到外面办一些事情，等等。总之，就是这些内容吧。客人来访的时候，你就站在我的身边，与我一起接待客人。我外出时，尽量与我一起去。还有，太太也许会吩咐你做一些事，你也尽力给她办好。"大河原义明一口气说完大致的工作内容。

大河原义明中等身材，不胖不瘦，体格魁梧。宽大的脸上，肤色白净富有光泽，五官长得端正。头发往后梳，夹杂着许多白发。胡子刮得干干净净。

武彦庄司一边望着大河原义明说话时不停变化着的口型，一边在暗自思忖，大河原义明果然是贵族长相。

难怪父亲夸奖他长相英俊、有气质，一点不假。

大河原家族，曾经是侯爵世袭家族。很久以前，祖上就是赫赫有名的北陆省诸侯。第二次世界大战后，贵族阶层不存在了。现在的大河原家族的主人——大河原义明，成了实业界的重要人物，身兼诸多大公司的社长和董事长等要职。最近几年，一跃成为日本屈指可数的巨富之一。

武彦的父亲经常提起这位大河原义明先生，一说到他就赞不绝口。

"大河原先生，名副其实的贵族长相，论其见识和人品，都属日本一流。在钱财方面慷慨大方，没人能与其相提并论。"

大河原义明望着正在思索的武彦庄司，依然习惯用命令的口气和语调继续往下说："等一会儿，向你引见我家的总管黑岩先生。他是一个十分固执的老头，你的房间啦，工作啦，一切都由他决定。咦，你的行李呢？"

　　"过一会儿……搬运公司……就送到贵府。顺便禀报一件事……我父亲随后也登门拜访您。"

　　一直注视着大河原义明脸庞的武彦庄司，被忽然间问起自己的行李，回答时有点结结巴巴。

　　"好好，就说到这里。我要说的，就这些。"

　　大河原义明说完，顺手从桌上的银制烟盒里取出一支烟夹在嘴里，用打火机点燃后猛吸一口望着武彦庄司，凝视了好一阵子，突然笑出了声。

　　武彦庄司看着他的笑脸，立即察觉到他笑的真正含义。果然不出所料，大河原义明话锋一转，谈话内容即刻进入了侦探推理小说。

　　"我与日本著名的侦探推理小说家大江芝村非常友好，他经常光临我家。你见过他吗？"

　　武彦庄司光想着如何称呼大河原义明，回答时稍稍犹豫了一下，随即"先生"两字脱口而出。大河原义明对这一称呼好像早已习惯，脸上也没有显露出异常兴奋的表情。

"先生，您知道大侦探明智小五郎吗？"

"这名字我知道，但没见过其人。你见过吗？"

"我与他很熟，经常去他家聊天。"

"真的吗？那位大名鼎鼎的侦探长什么样？"

"瘦高个，思路敏捷，洞察力强，推理逻辑能力强，并且爱憎分明，称得上一个真正的好男人！"

"年龄有五十多了吧？"

"是的。但看上去与年轻人一般，虽穿着打扮很讲究也很时髦，却不招眼，纯粹的绅士派头。脸上常带着微笑，可那笑容有点让人感到后怕，仿佛在告诉对方：我有火眼金睛，能洞察一切，做坏事的家伙别想蒙混过关。在他面前吹牛，即使自我感觉无懈可击，但一看到他那笑容可掬的表情，总觉得已经被他识破。嗨，太厉害了！"

"太让我感兴趣了！真希望能见他一面。"

大河原义明说完，一声不吭地抽着烟。过一会儿，他又说了起来："你读过芝村先生写的《诡计集》小说吗？"

武彦庄司大吃一惊，真没有想到大河原义明连那种小说也看。

"读过，完全故事化了，很吸引人。小说采用分类编写法撰写的，我想肯定还有续集。"

"是有续集。就说诡计、设圈套之类的东西，要是认真思考的话，还有许多形式。我工作时，只要一感到疲劳就开始阅读侦探推理小说。不光是阅读，我自己有时候也在思考如何设诡计。我有时也能思索出一些《诡计集》里没有的计谋。可一到真正实施的那种场合，又全都忘了。《诡计集》里有列举各种犯罪动机的章节，可谓妙趣横生。不过，犯罪动机还有许多，肯定还有想不到的动机！"

这位贵族长相的大河原义明竟持有这番耐人寻味的嗜好，武彦庄司不禁感到惊讶，重新睁大眼睛端详这张白净的脸。

"这，太精彩了！国外的、国内的，那些侦探推理小说家们都是绞尽脑汁，设计犯罪动机和诡计。哪一天先生有空的时候，请允许我欣赏一下先生设计的'诡计'。"

"行。从今天开始，可以与你尽情地探讨侦探推理小说。我去叫总管家黑岩先生来，你就随便翻阅一下书架上的书吧！"

大河原义明说完站起身，从另一个房门出去了。武彦庄司站在宽大的书架前兴奋不已。

贵重的精装书籍、全集、套书……总之都是些有关西方的侦探推理和犯罪史之类的小说，不计其数。有好多书，都是书店里很少能见到的。

就在这时，他隐约感到背后好像有人，忙转过脸来。眼前，是一位看上去十分严厉的老人，身着茶色、没有花纹的上衣，下面穿着和式裤裙。深褐色的脸上满是皱纹，两颗小而圆的眼珠十分灵活、锐利。一对粗又黑的眉毛，呈八字状向两边翘起，一直延伸到两边的太阳穴。年龄六十出头，可头发乌黑发亮。

这位老人，就是大河原家的总管黑岩源藏。

白色鹅毛

大河原家庭，仅主人大河原义明和后妻大河原由美子两人。

夫人由美子今年二十七岁，其上代与大河原义明家相同，都属于贵族阶层。出嫁前就相继失去了父亲和母亲，独自一人继承家产，支撑着失去平衡的家族，单身生活非常寂寞。

于是，大河原义明娶由美子为自己的后妻，共同打发光阴。

居住在这幢古城堡别墅里的，除主人夫妻以外，还有夫人幼时的奶妈。其余的是两个看大门的少年侍者、司机夫妇、女厨师、打杂工和打扫庭院的老人。总管黑岩先生不住在这里，早晚上下班。

武彦庄司来到大河原义明家担任秘书已经有一个月了。一天，大河原由美子站在榻榻米房间门口的走廊上，把眼睛凑在三脚架上的那台高倍望远镜上窥视。

过一会儿，她转过脸喊住武彦庄司："武彦，请过来看哟！沙土里的那个蚂蚁穴全貌，看得清清楚楚！"

后面那幢英国风格的楼房，二楼走廊上放着一架天文望远镜。夫妇俩只要一有空，不是窥视那台天文望远镜就是窥视这台高倍望远镜。

按照夫人的吩咐，武彦庄司把眼睛凑到望远镜的镜片前观察起来。

"瞧，蚂蚁在纷纷滑落，是吧？它们想挣扎着爬上来，可沙土里跃出一个可怕的怪物，伸出剪刀般的嘴巴咬住蚂蚁往洞穴里拖！"

站在一旁的由美子夫人觉得有趣，向武彦庄司解释。果然，望远镜里出现一只正在蠕动的蚂蚁，形状被放大了无数倍。红色的脚关节，胖鼓鼓的肚子，身上长着长颈鹿那样的花纹。

沙土里跳出剪刀模样的怪物，十分凶狠，就像原始森林的野兽一般。武彦庄司没有想到平时经常看到的小虫子，在高倍望远镜里变得如此凶狠，不禁有点毛骨悚然。与此同时，对于主人夫妇嗜好窥视放大几十倍的虫和草的行为，他脑袋里产生一种莫名的恐惧，不由得倒吸一口凉气。

平日里，拜访大河原义明的客人不完全是同一种类型。主人大河原义明尽管身兼许多要职，并非每天去公司上班。大部分时间，都是在家里听各公司部下的汇报。除这些属于部下类型的客人外，还有从事政治、宗教、社会公益事业、茶道和古琴等方面的名人。当然，更多的是实业界的老朋友。担任秘书的武彦庄司，每天应付接待众多的客人，忙得不可开交。

在众多的来客中，也有几个是纯粹来聊天的。其中，特别引起武彦庄司注意的是两位青年。

一个叫姬田吾郎，有二十七八岁，是日东造纸公司的优秀员工。他英俊潇洒，眼睫毛又长又黑，非常迷人，并且心直口快，性格开朗。

另一个叫村越均，也有二十七八岁，是城北制药公司的优秀员工。他的脸色白中略带点青，长着一张乖巧的脸蛋，其性格凑巧与姬田吾郎相反，沉默寡言。

一天晚上，武彦庄司因自己家里有事离开大河原家。黑暗中，门口站着一个人，定睛一看是姬田吾郎。他好像等好长时间了，见武彦庄司出来便快步走来一同前行。

"姬田，我回家去，你也坐公交车吗？"

"是的。"

武彦庄司与姬田吾郎刚相识，还是主人大河原义明介绍的。姬田吾郎站在黑暗里等他，武彦庄司觉得有点奇怪。

"那好吧，我们一起走到车站。"

路边是长长的围墙，有篱笆围墙，也有水泥围墙。四周鸦雀无声，万籁俱寂。俩人一边走，一边轻声交谈。

"秘书这工作，你觉得怎样？"

"跟事先预料的一样，没有多大的难度。能幸会和结识各个方面的朋友，太好了。"武彦庄司直截了当地说。

"在侦探推理小说方面，你一定知道得比我多。在中学时代，我虽也读过柯南道尔写的《五个橘核》，但印象不深。据说侦探推理小说，大都是描写秘密结社。是这样的吗？"

"有这种内容，但数量很少。关于秘密结社，我不感兴趣。侦探推理小说里，掺杂一些这样的情节也无不可。但过分渲染，会让人感到厌恶、厌倦。"

"原来是这么回事。在日本现实生活中，有人专门从事秘密结社活动。你不感到可怕吗？"

这种说话的方式和语气，给人一种异样感。武彦庄司觉得惊诧，不由得瞪大眼睛紧盯着这张浮现在夜幕下的脸。

"你怎么知道的？"

"不，并不是……"

姬田吾郎含糊其词："我曾听说过社会上有过这种传闻，左翼团体和右翼团体里都有这种情况。尤其是那些碍手碍脚的人物，神不知鬼不觉地永远消失。与此相同，无论哪个国家都有这种规模极小的恐怖组织。在现实生活中，意想不到的事情也不少。从事暗杀的秘密结社活动，不能说绝对没有。"

车站到了，可俩人的谈话尚意犹未尽。姬田吾郎指着对面一家公园说："我们到那里再聊一会儿好吗？"

说是公园，其实只是巴掌大的一块空地。绿树成荫，里三层外三层的，中间有两三张长凳。

他俩在靠近路灯旁的一张长凳上坐下，继续聊了起来。

"武彦，我给你看一样东西。"

姬田吾郎说完，从口袋里掏出一封信。

"请你把信封里的东西取出来看一下。"

借助路灯的微弱灯光，信封表面写有姬田吾郎的住所和全名。信封背面什么也没有写。信封里好像有软乎乎的东西，手触摸时的感觉，是一种形状细长的东西。

武彦庄司把信封里的东西取出一看，原来是家禽身上的羽毛，白颜色。

"这是鹅毛！信里只有这个吗？"

"是的，信里除了它什么也没有。邮递员肯定不知情，邮戳是日本桥邮局盖的。你怎么想的？仅仅是恶作剧吗？还是……"

姬田吾郎说了一半止住了，语气里蕴含着担惊受怕的口吻。

"多半是恶作剧吧？你回忆一下，有没有那种爱开玩笑的朋友？"

"我的朋友中间，绝对没有这种拿别人开玩笑的……所以我心里总是忐忑不安的感觉。突然，我想起柯南道尔的《五个橘核》，那本书专门描写秘密结社。"

"白色羽毛象征着献身。是这个意思吗？"

"想来想去也只有这个意思。在大河原先生那里，我经常见到右翼团体和左翼团体的人物，也曾经参加过他们的议论。也许无意中说过伤害别人的一些观点……虽想不起来哪一次，可是……"

"原来如此，你是在大河原府上说的……"

"我是这样猜测的。其他场合肯定没有……如果仅仅是开玩笑也就算了，可我总有一种说不出的不祥预感，每天提心吊胆的。"

姬田的脸，在微弱的路灯灯光下泛出铁青色，与平时看到的姬田判若两人。这时候，武彦庄司似乎察觉到了什么，鼓足勇气说道："不会是村越开的玩笑吧？我觉得你们的朋友感情好像已经……"

十天前，武彦庄司坐在自己的办公桌前看到窗外院子里发生这么一件事情：姬田吾郎和村越均背对着二十米外的大楠树，为一个问题争论得面红耳赤，难分难解。

武彦庄司仔细观察他俩的一举一动，那天已经是傍晚，光线暗淡。虽听不清楚辩论的内容，可不时传来震耳的叫嚷声。就表面上看来，那场辩论占上风的是村越。他似乎不是以理服人，而是训斥姬田吾郎，语言刻薄，语气逼人。姬田吾郎失去往日从容不迫的模样，节节败退。脸色随着情绪波动，白里泛青、泛褐直至土色。

原来，他俩观点相左。武彦明白了几分。

突然，姬田吾郎一个箭步上前，右手在空中挥舞。只见村越均左手捂住脸，一屁股坐在地上。看情景，村越均的脸上挨了一拳，疼得他半晌才爬起来。姬田吾郎没有上前搀扶他起来，而是一声不吭地走了。

经过一番努力，村越终于爬了起来。那般痛苦的表情，武彦庄司至今没能忘掉。村越均站在暗淡的夜色里，嘴里发出毛骨悚然的笑声。

打那以后，两个人也在大河原义明家里露面，表面上都装得若无其事。由于两个人在庭院里上演了那出打闹剧，心里无疑埋藏着相互憎恨的火种。这一点，目睹那出打闹剧的武彦比谁都清楚。

"我知道村越确实憎恨我那天打了他，可他并不是那种喜欢恶作剧的男人。这封信绝对不是他寄的！"

姬田吾郎说这番话的时候，武彦庄司忽然想起一件奇怪的事情。

有一天，一位右翼政客被大河原义明骂得无地自容。大河原义明当时吹胡子瞪眼发怒的模样，好像与白色羽毛有关系。

武彦庄司的脑海里猛地掠过这种奇想，并且越发觉得自己的判断是正确的。

"武彦，你脸上的表情真可怕！你在想什么？"姬田吾郎说话的声音哆哆嗦嗦。

"不，什么也没有想。我呀，侦探推理小说看得多了，遇到问题容易神经过敏。"

"别吓唬人！另外，听说你与大侦探明智小五郎很熟悉？"

"嗯，经常去他家。"

"我想请你代我求助明智大侦探。把这信封和鹅毛给他看一下，也许能找到什么线索。"

"原来你找我有事。可明智先生正在外地侦查案件，到家后我找他商量一下。"

"那好，信封和鹅毛就留在你这里，拜托了！"

姬田吾郎一脸安心的表情，武彦庄司接过信封放在口袋里。

可在明智小五郎外出探案还没回来之前，发生了一起惨剧……

姬田坠崖

"武彦，把那架高倍望远镜拿到走廊上来！"

一天早晨，由美子吩咐武彦庄司。平时不太招呼自己的由美子一改常态，脸上挂满微笑。

武彦庄司立即把三脚架移到站在走廊上的夫人跟前。

武彦庄司从小失去母亲，因此，十分敬重由美子，把她当作自己的母亲或者姐姐看待。虽说由美子年仅二十七岁，比自己只年长两岁，可她是名门望族家的夫人，根本用不着为生活琐事操心。

然而，她那种沉着冷静的行为举止，让武彦庄司觉得她不像二十七岁的年轻女子，像中年妇女。每当站在夫人身边的时候，武彦庄司总感到自己好像是站在母亲身边的孩子。

不知不觉，对于夫人，武彦庄司像对待亲人那样，有时候也撒娇。不过，对于夫人的命令，还是要绝对服从。最近一段时期，他每每看到夫人脸上的笑容就喜不自禁；相反，一看到夫人脸上冷若冰霜的表情，他心里也悲伤起来。由美子站在高倍望远镜前，又开始研究院子里的那些草和虫。这时候，主人大河原义明也出现在高倍望远镜前。

"又开始了！"

"怎么啦，你不是出门了吗？"

两个人似乎忘记秘书武彦庄司站在身边。

不一会儿，由美子夫人好像察觉到了什么："怎么啦，你还站在这里？行了行了，快到别处去吧……"

武彦庄司一听这话连忙鞠躬行礼，羞愧得满脸通红，寂寞孤独的感觉油然而生。

由美子出生在贵族家庭，是贵族小姐。我尊敬她，把她视作自己的母亲和姐姐，可还是得不到她的关爱。武彦庄司走得远远的，一路上暗暗自语。

几天后，大河原义明到热海别墅去度假，武彦庄司随同前往。大河原义明的别墅坐落在半山腰上，离海岸温泉街仅一里路，途中还隔有一座山。别墅周围只有一些稀稀拉拉的农家房屋，环境十分恬静幽雅，风景如画。屋后，绿色的山；屋前，几座农舍；天空，雾色茫茫；山下，蓝色大海；右侧，断崖伸向空中。

别墅有两层楼，共七个房间。管理别墅的是一对老夫妇和他们的女儿，正在为大河原义明夫妇俩忙碌。武彦庄司暂时没有什么可做的。

他们预订了这座别墅度假。在朋友们没有到达之前，武彦庄司主要负责高倍望远镜的准备工作。

别墅二楼西式房间的走廊阳台上，安放着两台高倍望远镜，可以远眺蓝色大海。夫妇俩只要眼睛一凑到望远镜跟前，又是忙这个，又是叫那个，手还不停地转动望远镜环视周围。这两台高倍望远镜，无论镜片清晰度，还是倍数，都无可挑剔，做工一流。

获得连续两天休假的姬田吾郎，次日也从东京赶来度假。

"欢迎光临！这儿的风景不错，就是太单调了。"

已经寂寞了一天的大河原先生，在欢迎姬田吾郎的语调里流露出盼望已久的语气。

由于爱调侃并且为人谦和的姬田吾郎的加入，别墅变得热闹起来。

第三天，太阳已经高高挂起，可大家还在蒙头睡大觉。由于前一天玩了一晚上的扑克，大家都累极了。

吃罢早餐，快接近中午时分。大河原义明曾经与东京的一些朋友约好打高尔夫球，于是急急忙忙驾车向川奈高尔夫球场驶去。

由美子与姬田吾郎、武彦庄司一起聊天，然后返回自己的房间。这天，姬田吾郎从吃早餐开始就一直沉默寡言。

当由美子走后，客厅里只剩下他们俩。他心事重重地走到武彦庄司的身旁，说："武彦，那鹅毛信又来了！"

说完，他环视一下四周，从口袋里掏出信递给武彦庄司。这封信的信封，与上次一模一样。

"里面装的还是那个白色鹅毛？"

"是的，好像还察觉我要来这里，是特地寄来的。"

姬田吾郎从信封里取出的白色鹅毛，也与上次的完全一样。信封表面，仍然没写寄信人的地址和姓名。

"你对明智先生说了这事吗？"

"没有，他还没有回家。"

"真棘手！我报告警方后，警方也无可奈何。唉！……我预感自己可能要出事。接到这封信后，我像热锅上的蚂蚁，整天焦躁不安。"

"你看过邮戳了吗？"

"还是日本桥邮局盖的邮戳。不知道谁寄来。这两天，我一直战战兢兢，脑袋里充满了恐怖的念头。"

姬田吾郎说完这话，呆若木鸡地望着远方。

"我外出走一会儿再回来。"

片刻，他站起身，连武彦庄司的脸也没看一眼就出门了。

会客室里只剩下武彦庄司一人，整个别墅顿时寂静得可怕。正午时分的太阳光线照进房间，非常刺眼。

二楼的第一个房间，是由美子的卧室。房间里传出优美的钢琴声，像一首抒情乐曲，悠扬动听……

武彦庄司无所事事，坐在会客室里。时间到了下午三点半，武彦庄司顺手拿出《犯罪心理学》阅读起来。

也不知过了多长时间，突然大门口传来管家女儿欢迎主人回家的问候声。身穿高尔夫球装的大河原义明，出现在客厅门口。

"您回来了。"

由美子也从二楼下到一楼，刚才宁静的别墅又瞬间热闹起来。大河原义明换上和服后，与夫人一起去二楼的走廊阳台，欣赏夕阳的美景。

对望远镜持有不同看法的夫妇俩，在别墅度假期间似乎统一了。武彦庄司站在他俩身后，随时听从吩咐。

先是夫人窥视望远镜，从右侧海角一直看到左侧，一边慢悠悠地欣赏，一边轻轻地拨动望远镜，"怎么啦？瞧那个人在干什么？站在那么危险的悬崖上……"由美子突然大声嚷了起来。

一听这话，大河原义明急忙用手扶着望远镜，再用手帕擦一下镜片，这是他的习惯动作。每次窥视望远镜时，不管镜片上是否沾有灰尘，他总是从口袋里掏出手帕擦拭一下镜头。

他一边擦一边探出身体，顺着由美子手指的方向望去。一阵凉风拂面而来，手上的手帕飘向窗外。

"啊呀，糟了！……那人站在什么地方？"

大河原义明不停地转动望远镜，寻找目标的确切位置。

"在鱼见崎的悬崖上。瞧！就在那棵松树下。"

顺着由美子指的方向，武彦庄司伸长脖子眺

望，可光凭肉眼看不见，只能看见从悬崖垂向大海的那棵大松树。松树下的人，怎么也看不清楚。

"嗯，我看见了！那个人站在松树下。可是，为什么要站在那么危险的地方？"

夫妇俩的望远镜一直对着那棵松树下，武彦庄司肉眼看不清楚，只得干瞪着两只眼睛。这时，忽听他俩同时发出可怕的叫声。

武彦庄司屏住呼吸朝远处望去，好像是一粒黑乎乎的东西从松树下朝着断崖下的海面坠落！

夫妇俩在望远镜里看得真切，是一个身穿褐色西装的男子从断崖上坠入波涛汹涌的大海。

男子在坠入大海途中撞上峭壁凸出的岩角，翻了一个身，倒栽葱似的坠落，随后被此起彼伏的海浪吞噬。

自杀？他杀？

　　"武彦，有人从鱼见崎跳海，无疑是自杀，你赶快向热海警察局报警。除我们以外，好像没有其他人发觉……"

　　大河原义明惊慌失措，大喊大叫。从几十米高的悬崖跳入大海，可以说必死无疑。从那棵松树到断崖三分之一的地方，是灌木丛和杂草。那下面是峭壁，接近海面的地方有一个巨大的洞穴，黑乎乎的，令人生畏。洞口及其周围，重叠的大块岩石群随波涛起伏忽隐忽现。白色的浪花不停地相互追逐打闹。

"从那里摔下去，肯定一命呜呼。"大河原义明嘟哝着，望着可怕的大海。

"那男人太可怜了！天色一黑就难以找到尸体了！"

夫妇俩返回房间后，还在谈论着刚才发生的事。

对于出现在鱼见崎的自杀事件，热海警察局早就习以为常，那个地方以前发生过此类事情。他们接到武彦的报警电话后，像每次执行公务那样，派出海上搜救艇寻找尸体。

跳海者不可能有生还的希望，因而搜救艇也笃悠悠地出航，慢吞吞地搜寻。警察站在船头上，煞有介事，漫不经心。

夜色尚未完全降临之前，搜救艇发现了尸体，打捞起来后立即送往热海警察局。

警方从尸体西装口袋里找到名片盒，明白了死者的真实身份：日东造纸株式会社的职员姬田吾郎，公司住所是东京都目黑区上目黑。死者口袋里还有一个信封，收信人姓名是姬田吾郎，收信人地址是大河原别墅。

于是，警方随即传唤大河原义明确认尸体。

"那自杀者不会是姬田吾郎吧？"

大河原义明带着武彦庄司赶往热海警察局。尸体安放在地下室里，果真是姬田吾郎。

姬田吾郎为何要自杀？大河原义明无法理解。姬田吾郎是该公司的优秀员工，家庭和睦幸福，没有任何绯闻。唯一值得怀疑的，是那封被海水打潮的鹅毛信。

警方对这封鹅毛信好像没有丝毫兴趣，可姬田吾郎生前一直被这鹅毛信弄得神魂颠倒。

这，只有我最清楚！武彦庄司看到类似的信封暗自思忖。为协助警方迅速查清自杀原因，武彦庄司叙述了姬田吾郎与这封信的情况。

"您刚才叙述的情况，我们大致已经明白。正如您说的那样，倘若这封鹅毛信不是恶作剧，应该排除自杀的可能，多半是他杀。姬田很有可能被人推下大海。"

警方开始认真起来，设立专案组调查死因和鹅毛信的来历，可结果一无所获。

于是，警方前往大河原别墅追根溯源，详细询问大河原义明用望远镜目击时的情况。

"当时，松树附近还有没有其他人影或者可疑情况？倘若他杀，凶手肯定在现场。"

夫妇俩说，当时并没有发现第二个人。也许有另外一个人，可他们没有发现。接着，他俩再也提供不出其他什么情况了。

警察返回警察局后，大河原义明和由美子小声议论起来。

"姬田自杀，太出乎我的意料了。"

"当时，你觉得姬田是被人推下大海的吗？"

"说不清楚，不过，也不是完全没有那种可能。被你这么一说，那跳海姿势好像有点可疑。"

"嗯，不过，根据跳的姿势很难判断是自己跳还是被别人推下去的。再说，跳海只是一瞬间的动作。就现在来说，也很难回忆清楚。"

"警方也说了，到悬崖上再调查一次，如果能找到什么线索……"

"太困难了。那种由岩石组成的悬崖，不可能留下任何脚印。"

武彦庄司聚精会神地听着大河原夫妇俩之间的对话，不用说，他也无法判断死因。只是那天晚上姬田吾郎与自己一起去车站的情景，老是在他眼前晃动。尤其是姬田吾郎曾说了好几遍《五个橘核》那本书名，那喃喃自语，夹杂着颤抖的声音不停地在耳边回响。

侦查现场

姬田吾郎坠崖死亡的次日上午十一时左右，热海警察局的刑侦主任拜访大河原义明。

"事情是这样的。警察局专案组召开了侦查会议，认为这起案件应该放在东京调查取证。如果找不到目击者和犯罪嫌疑人，我们唯一能做的，便是调查姬田吾郎的家庭和朋友。今天，我想向你打听一下姬田生前的朋友名单。"

大河原义明兼任日东造纸公司的要职，姬田吾郎是该公司很有前途的职员，大河原义明十分器重他、关心他。

"昨天我已经对警察局局长说了，姬田的父母双亲身体很健康，其父在日本桥经营绸缎面料，姬田本人在日东造纸公司营业科工作，多年被评为优秀员工。我家就像他自己家一样，我们之间的关系相处得很好。此外，我也想不出他有什么冤家对头。"

大河原义明说到这里停顿了一下，一边回忆姬田吾郎在自己家交往的那些朋友，一边列举他们的姓名。名单里当然有村越均。刑侦主任仔细作了记录。

"姬田的父亲说最近几天到这里来，不知警方何时将尸体交给他带回去？"大河原义明问。

"傍晚时分，可以让他父亲带回去。血液以及胃内食物的调查报告已经出来，没发现有什么异常，死因是头部撞击岩角。我们在海上找到他的时候，他已经无意识了。另外，你们说姬田坠落的时间是傍晚五时十分左右？"

"是的，先生吩咐我赶快报警。当时我拿起电话听筒，顺便抬头望了一下墙上的钟，正是傍晚五点十分的时候。"站在一旁的武彦庄司证实道。

"是的，我也是那时候望了一眼二楼房间里的台钟，时间确实是五点十分。"大河原义明肯定了武彦庄司的证词。

"我们警方根据你们提供的时间，对现场周围进行搜查。也就是说，查找五时左右是否有目击者在现场，或看见有什么人经过那里。然后，我们对现场进行了详细的搜索取证。可现场没有留下任何指纹、脚印以及其他可供参考的线索。鱼见崎国道路边的高山岗上有一家茶馆，我们对那家茶馆也进行了调查。那家茶馆，平日里一直营业到傍晚五时左右。可那家店主称，站在他们店那儿，根本看不见悬崖上的松树那里，就连五时过后发生的那起坠崖事件，他们也根本不知道。"

"那条国道，好像有许多人经过。"大河原先生感到不可思议。

"是的，行人几乎络绎不绝，可站在国道上根本看不见松树下的案发现场。不走到'禁止入内'的铁栅栏边上，压根儿发现不了有人朝悬崖边走。

一般来说，行人是不可能进入铁栅栏里面的。"

所谓铁栅栏是热海市政府特地制作的，上面还挂有"禁止入内"的警告牌。

"到出事现场，必须经过茶馆沿着国道朝南走一百米左右，然后拐进国道边的一条羊肠小道一直朝里走。由于国道与那条小路呈丁字路口的地方是一条比较陡的坡道，加之路边矗立着许多高耸入云的大树，遮挡了来自国道的视线。按理说，那条小路上应该设置禁止通行的铁栅栏。遗憾的是，那里什么都没有，因此，也就那样敞开了，什么人都可以自由进出。"

"照这么说，姬田吾郎是从那里走向悬崖的？"

"我想多半是那样。如果其他路上没有人发现过他，这条小路是他的必经之路。"

刑侦主任的这番话，让人感到扑朔迷离，无所适从。

大河原义明感到，不亲自去一趟现场，绝对不能随意与警方了断此事。再说姬田吾郎父亲一到，办完手续领回尸体，一切也就结束了。他心急如焚，立刻带上武彦庄司奔赴出事现场。

"还只是下午三时，趁黄昏来临之前到现场去看一下。"

他们驾车径直驶向茶馆，要了两杯饮料后向店主打听起来。一切正如刚才刑侦主任说的那样，店主一问三不知。

可武彦庄司并不灰心气馁，坚信总能找到一些线索。

从昨天开始，他心里一直挂念姬田吾郎生前拜托的那件事，尽管还没有对明智小五郎说起，但明智小五郎要不了几天会返回东京的。

一定要想方设法解开这个谜！

武彦庄司发现茶馆里有一个十六七岁的女服务员，外表看上去聪明伶俐，便上前向她打听。为避免周围有人听见，他故意压低嗓门问道："昨天下午四点半到五点半之间，有没有陌生客人在茶馆喝茶休息？或者是外地的游客？或者是东京来的游客？有印象吗？请好好回忆一下！"

少女抬头望着天空思索了好一阵子，忽然，脸上的表情变得活泼起来，似乎想起了什么。

"有，那位客人从来没有光临过我们茶馆，举止也很奇怪。好像是四点半前后，不，可能还要早些吧，当时我没有看表，回忆不出确切的时间。那位客人头上的呢帽压得很低，与眉毛一般齐，鼻梁上架着一副宽边眼镜，嘴上长着一小撮黑色的胡子，身上穿着一件褐色的风衣。"

"有多大岁数？"

"看上去有三十来岁，个头很高。"

"你怎么会觉得他有点奇怪？"

"具体说不清楚。他好像渴得很，一连喝了两杯橙汁饮料，还时不时地伸出手看表。起先，我还以为他是在等人，可结果并非如此。那情景，我也不知道该怎么形容才是。总之，那表情与等候朋友是两码事，好像是为了消磨时间才到我们茶馆来的。后来，好像是时间差不多了，他急急忙忙地走出茶馆……太奇怪了！他不是朝热海方向，而是沿着国道向南步行。如果是来别墅度假的游客，不会带那种看似很重的行李包。从这里朝南走，大概是到新热海或者其他什么地方捕鱼？即便那样，也不需要带那种大而笨重的包呀！让我感到最奇怪的，就在这儿。"

"包？什么样的包？"

"好像是一个大行李箱？现在市面上很流行的那种装有密码锁的大皮箱子！"

"很重吗？"

"是的，给我的感觉很重。打扮时髦的先生，却手提那么重的大皮箱，而且连出租车也不喊，叫人不可思议。"

"那客人慢吞吞地朝那里走，然后再折回，朝着热海街道方向行走。是这样吧？"

"我们茶馆是下午五点多打烊的，那后来的情况就不清楚了。但那里是禁止入内的，有禁行标志。不过，他也许是趁没有人注意的时候进去的。但是，我没有看见。"

"茶馆昨晚是五点几分打烊的？"

"由于客人还没有全部离开，茶馆延长到五点二十分左右才关门。刚才有几位警察也来问过'在五点十分左右的时候，有没有客人进茶馆？'昨天五点十分的时候，茶馆还没有关门打烊。"

少女服务员知道的，就是这些。她所说的奇怪人物，虽说不一定与这起案件有直接关联，但对于武彦庄司来说，那只沉重的大皮箱是一个谜。

大河原义明与武彦庄司离开茶馆朝南走了一百多米，打算走一下刑侦主任说的那条羊肠小道。

"果真如此，站在这里根本看不见那棵松树下的现场情况。对于自杀者来说，这是最理想的场所。"

说羊肠小道也算不上，途中大半截路都在草丛中。大河原义明从皮套里取出望远镜，用手帕擦了一下镜片放在眼睛上。

"哦，由美子站在二楼窗前用高倍望远镜在望我们呢！瞧，她在用手帕拭镜片，像在等我们呢！"

武彦庄司的肉眼看不见，借用大河原义明的望远镜观看。于是，由美子夫人用手帕拭镜片的情景一目了然。

"走，朝悬崖方向那里去。"

大河原义明走在前面带路，小道弯弯曲曲，坡度很陡，不借用手帮忙走路，前行会非常艰难。茂密的灌木丛可以挡住任何视线，并且一直延伸到那棵松树下。

林荫小路被完全淹没在灌木丛中。大河原先生站在灌木丛里，掏出双筒望远镜观看自家别墅。可只能看见别墅的层脊，而鱼见崎南边一带的农家、住宅和旅馆什么的根本看不清楚。倘若凶手在这里通过，完全可以避开任何人的视线。也就是说，很难有目击者。

片刻，两人来到那棵松树下，周围是平地，地面上既有岩石又有土，灌木茂盛，野草遍地。

"光站着就头晕目眩，大脑恍恍惚惚的。瞧，再往前走一点，脚下就是令人胆战心惊的断崖峭壁。"

大河原义明显得很紧张。

眼前，是无边无际的大海。他又掏出双筒望远镜对准自家别墅，却只能看见窗户的一个角。

"昨天猛推姬田坠海的凶手，倘若站在现在的位置实施犯罪。从我们别墅朝这里眺望，也是发现不了罪犯的。这起凶杀案策划得太巧妙了！并且过于巧妙。因此，像这样的精心策划，无疑是有预谋的杀人犯罪。你说姬田害怕秘密结社，照这样分析案情，很像秘密结社的惯用手法……如果真是一起凶杀案，那……"

大河原义明说这话的时候，背后猛然间传来一阵响声。他俩急忙回头一看，原来是一位年轻男子。

目击青年

这位身着夹克衫的男青年，是当地人。见俩人同时将视线对着他，不免害羞起来。尽管如此，他还是保持原有的速度朝他俩走来，好像有什么事要告诉他们。

"你是本地人？"

"是的。"

男青年非常直率。

"你大概知道昨天发生的情况？"

"知道。因此担心再发生类似昨天的情况，我一直悄悄跟在你们后面。"

"哈哈哈······你以为我们要从这里跳下去吧？"

"哦，失礼了。先生是大河原别墅的主人吧？是特地到这里来调查的吧？"

男青年刚才生硬的态度马上和善起来。

"是的，我叫大河原义明······昨天发生的事你已经知道了？那个跳海的男子是我很亲密的朋友。如果你还知道些什么情况，请毫无保留地告诉我。"

"知道得不多，只是觉得有许多疑点。"

"疑点？什么地方可疑？"

"那不是自杀，多半是被人推下海的。"

"哦，你说什么？你到底看见了什么？请说得详细一点。"

武彦庄司不由自主地走到男青年跟前。

"到这里来的一路上尽是灌木丛，即便这里有人行走，从外面看也看不清楚。而且，这里光线好，又很暖和。昨天傍晚，我在灌木丛里······"

"昨天，你在灌木丛里看到什么了吗？"

"灌木丛长得十分茂密，但我看见有两个男人沿着这条羊肠小道朝悬崖边走去。其中有一个男人，肯定是报上说的那个姬田。"

大河原义明和武彦庄司对视了一眼，让他们出乎意料的是，竟在这里找到了目击者和重大线索。

"你说是姬田？你怎么知道的？你不是说没有看清楚吗？"

"脸虽没看清楚，可身上穿的西装看清楚了。穿着打扮时髦，给我的印象特别深刻。昨晚尸体被打捞上来的时候，我挤在人群里看了一眼。尸体身上正是那套西装，在我昨天的印象里没有第二个人穿那样的西装。当时，在我眼前经过的那个人跳向大海，不！是被推下大海的。"

"那，另外一个人是什么样的穿着打扮？"

武彦庄司眼睛里闪着兴奋的光问道。

"头上戴着呢帽，帽檐与眉毛压得一般齐，身穿褐色风衣。长相没有看清楚，鼻梁上架着一副宽边眼镜。"

"没长胡子？"武彦庄司突然想起茶馆少女的那番话，脱口问道。

"也许有，可我没有看清楚。"

"那男子没带着大皮箱吗？就是那种方角大皮箱。"

"没有，什么也没有带。两个人肩并肩走，没有提什么东西。我是不会看错的！"

也许行走不便，把那口大皮箱留在哪里了？另一个男子，肯定是在茶馆里连喝两杯饮料的那个！武彦庄司的脑海里，浮现出并肩行走着的两个男人。

"那后来呢？两个人有没有吵架什么的？"

"没有。我站的位置离他俩较远，说话声音根本听不见。"

"那后来呢？"

"我回家了。可我一点也没想到竟会发生那样的事！……倘若事先清楚身着褐色风衣的家伙推别人下海，我会跟踪上去加以阻拦。真是追悔莫及呀！我不能允许再次发生这种杀人事件，因此刚才一直跟着你们来到这里，真对不起！"

"那个身穿褐色风衣的男子从这里溜走的时候，你没有见到他？"

"没有，那时我已经回家了。"

男青年叫依田一作，今年二十四岁，家住鱼见崎附近，父亲是老实巴交的庄稼人。男青年曾经在东京一家玩具批发公司工作，辞职回家后和父母一起在农田里干活。

　　大河原义明结束提问后，匍匐着朝悬崖顶部行进，打算趴着俯视悬崖下面波浪翻滚的海面。武彦庄司见状焦急起来，赶紧爬过去用手使劲摁住主人的两条腿。

　　如果把"摁"换作"提"的动作，趴在前面的人就会瞬间掉到大海里。忽然间，武彦庄司的脑袋里出现这么一个奇怪的问题。

　　"呵，这悬崖高得出奇！眼睛往下看，迷迷糊糊得什么也看不清。真可怕！要是从这里掉下去，绝不可能死里逃生。这里既是自杀也是他杀的最佳场所。"

　　大河原义明慢慢向后退缩，终于站了起来。这一回轮到武彦庄司观察崖脚。他趴在地上哆哆嗦嗦地匍匐着，爬到悬崖边时探出脸俯视海面。

　　从悬崖到海面，中间毫无遮拦，岩面犹如刀削过似的，笔直地切入海里，浪花拍打着岸边。武彦庄司俯视着无边无际的大海，两腿不由得瑟瑟发抖。

"在这样的地方杀人，根本不用事先策划。这地方的地理位置非常特殊，只要引诱被害人趴在悬崖边上俯瞰大海，然后稍稍提一下他的腿就可轻松将被害人推到大海里。在这种地方杀人，从地理条件来看简直太容易了！"

大河原义明紧紧地摁住武彦庄司的两只脚。武彦庄司听大河原义明这么一说，赶紧向后退缩站起身来，他仿佛觉得有人要"提"他的腿。

接着，俩人蹲在地上认真查看地面，可结果，并没有找到死者的遗物，或者死者与凶手的脚印之类的线索。

在返回国道的路上，武彦庄司苦苦思索：男子提的那只大皮箱究竟藏在了什么地方呢？

奇怪数据

　　十一月下旬的一天傍晚，日东造纸公司的职工杉本正一下班回家从大厦的东门朝外走去。

　　"您是直接回家吗？"

　　早已等候在东门附近的男子走上前问杉本正一。男子是蓑浦警察。他曾经与杉本正一见过面。

　　"是的，直接回家。"

　　"那好，我与你一起走。路上我有话问你。"

　　杉本正一是姬田吾郎的好朋友。姬田吾郎死后，常有警察前来向杉本正一打听姬田吾郎的生前情况。尤其是蓑浦警察，他和杉本正一已经熟悉了。

蓑浦警察属于资深的刑侦老手，年龄四十一二岁。由于风吹日晒，他外表看上去像一个粗人。

"请到我住的公寓去吧？"

"好好，我正好有时间，你是住在中野吧？"

俩人并肩朝车站走去。蓑浦警察一路上没有谈及那起案件，与杉本正一拉家常。

杉本正一居住的公寓，离中野车站步行只需十分钟左右，是一幢崭新而又整洁的住宅建筑。到家后，杉本正一请蓑浦警察入座。

"我从姬田父亲那儿看到他生前的日记本，并把那上面的内容都抄了下来。"

蓑浦警察津津有味地喝着杉本端上来的热咖啡，开始进入话题。

"看过日记后才知道你是姬田最亲密的朋友，故而再次打搅你，请多多包涵。这样吧，先谈谈我们的侦查工作。每发生一起凶杀案，必须成立侦破专案组。专案组经常举行例会，由会议决定侦查方向、侦查警察的任务、分析案情和下一步侦查的重点。因此，像侦探推理小说里那种图名谋利的侦探，在我们警察系统是不允许存在的。现在的搜查一科安井科长，进行了一些大胆的工作尝试。在过去，凶杀案连续发生，警察人数不够，一般的凶杀案件即便设有专案组也形同虚设。为此，像这样的普通案件，尤其是需要由东京警方侦查的外省市发生的凶杀案件，由一个侦查警察专门负责。这位侦查警察可以根据自己的推理和想象一查到底，一个月，二个月……可以不停地调查下去。由于专人专案，一有线索便会穷追不舍。我一个人负责类似的三个案件，整天忙于侦查和推理。其中，令我最感兴趣的可以说是姬田的被杀案。我坚信这起案件是他杀，不是自杀。凶手多半是茶馆少女和依田青年提供的那个身着褐色风衣的男子。可后来，我连一点线索都没有发现。这些凶手，通常是化装后实施犯罪。因此，罪犯在化装前与化装后的模样完全判若两人。为得到你的通力协助，必须向你说明一些情况。第一，就这起案件的调查取证，热海警察局专案组还在继续进行。虽已过去了好几天，但他们还在全力以赴；第二，使姬田生前担惊受怕的，是幽灵般的白色鹅毛信，我们另外一个侦查科已经派警察专门调查；第三，我已向姬田的家人及其亲朋好友了解了情况。迄今为止，我已调查了二十多人，了解到各种各样的情况。同时，我还特地拜会了大侦探明智小五郎，征求他的意见。我和明智小五郎交往很深，经常向他请教。"

蓑浦警察慢条斯理，不急不躁地说着。

"在我调查的二十多人中间，没有一个人在现场或者有作案时间。也就是说，从十一月三日下午到傍晚的案发时间段，他们都没有离开东京。倘若在热海行凶后回到东京，路上至少需要五到六个小时。

"因此，今天拜见你也没有其他什么特别要求，只是想借用你的聪明才智配合我弄清一个问题。就是刚才提到的，姬田的日记。"

蓑浦警察说完，从口袋里取出笔记本翻了起来。

"哦，就是这个。这是从姬田日记本上摘抄下来的。从今年五月初到最近一段时间里，姬田的日记本上记录着十分奇怪的内容。我把它归纳起来是这样的，请看一下。"

月　　日	记　　号
5　　6	K　　300
5　　10	O　　200
5　　23	M　　230
6　　2	K　　700
6　　8	S　　200
6　　17	E　　700
7　　5	K　　300
7　　13	O　　200
7　　17	Y　　200
7　　24	Y　　200
7　　31	Y　　300
8　　7	R　　130
8　　14	R　　200
8　　21	R　　100
9　　5	K　　300
9　　9	G　　200
9　　13	O　　300
10　　10	K　　200

蓑浦警察递给杉本正一看的是一张表格，记载着日期以及英文字母和数字组合的数据。

"这些记号栏里的数据，看上去不像表述金额，好像是记载时间什么的。就像你看到的那样，大部分数据的后面两位是00，中间也出现了两个30。根据我的判断，多半是表示时间。像30这个数据，可能是表达时间上的三十分。由此看来，这张表记载的时间是从一时到七时，当然不是上午，而是下午。像这样的以英文字母为首的数据，一般来说，字母表达人名或者地名的第一个字，后面的阿拉伯数字记载的是时间。照此推理，表上记载的，应该是何时何地与何人秘密约会的记录。从白色的鹅毛来看，约见的对方也许是专门从事秘密结社的人物。可从家庭和朋友提供的情况来看，姬田似乎不具备这样的冒险性格。就这一点，你是怎样认为的？

"如果说不是，又怎么解释那么多的约会呢？不过，他与这么多人进行秘密约会，多少让人觉得有点不可思议。那些英文字母，也许是表示场所的第一个字母。也就是说，姬田一共在八个地点与他人会面。通常，尽量避免秘密约会地点的相同。我这种想法也许是比较恰当的。这些约会场所，我起初以为是电车车站。经过种种核查，表示电车站名的可能性不大。于是，我想到另一个问题。请问，贵公司有避暑假期的制度吗？"

"没有。除节假日以外，一年内只可享受十天公假，而没有避暑假期的制度。"

"原来是那样啊！可见，这张表上记载的日期越来越有趣了。从最初的五月六日到七月十三日，从九月五日到最后的十月十日，无论哪一天都是从星期一到星期六。而星期日和节日，一天也没有。可中间的七月十七日到八月二十一日的日期，全部是星期日。这里是表达什么意思？可能是天气炎热到远处约会？如果去远处约会，只有星期日才行。"

"但如果远行，路程所花费的时间只有两三个小时也不太可能。好不容易等来一个星期日，总希望出门去远一点的地方。"

"我也是那样想的。事实上，这数据我还是弄不明白。因此，特来征求你的意见。除我刚才说的那些以外，你还想到一些什么？"

"是呵，我也不太明白。倘若这些数据像你刚才说的那样，是为了秘密约会。那么，必须核实这一天这一时间段里，姬田是否在公司里。你说是不是应该核实呢？"

"是的，这就是我要拜托你做的事情。刚才你看到的这张表上的日期和时间，确不确定姬田在公司里？"

蓑浦警察从口袋里取出烟盒点燃一支烟，慢吞吞地吐着烟，等候杉本正一的回答。

杉本正一一边注视笔记本上的那张表，一边思索。忽然，他的眼睛亮了一下，仿佛想起了什么。

"哦哦，那一天他确实不在公司，就是这最后的一天即十月十日。这天我俩一起外出工作，午饭是在外面吃的。吃完午饭的时候，正巧是中午十一时三十分左右。姬田对我说，他要先回公司办一点事。说完与我分手了。他回到公司时是下午四时左右，也就是说，他那一天有一段时间不知去哪里了。也许，是去完成公司交办的其他任务？"

"果然如此。就这一次是吧？你俩当时分手的地方在哪里？"

"新桥车站附近。我们是在那附近一家饭店里吃的午饭。"

蓑浦警察取出笔记本不知写了一些什么，又问："除此之外，你还想到些什么？"

杉本正一摇摇头，说："这样吧，我明天到公司上班时再问问其他同事。姬田上班时经常外出办事，你那份表上写的时间，姬田大都不在公司。只是这些外出究竟是为公司业务还是为自己的私事，无法知晓。总之，我会尽我最大努力去了解一下，弄清情况后再向你汇报。"

"那太谢谢了。这表是我抄录下来的，请无论如何替我保管好。"

蓑浦警察从笔记簿里撕下那张画有表格的纸，再仔细地在笔记簿其他页上誊写了一遍。然后，连同自己的名片一起交给杉本正一。名片上印有"东京警察局刑事侦查一科"的电话号码。

"请随时与我联系。最后，还有一件事想打听一下。"

蓑浦警察并不想马上结束谈话，又滔滔不绝地说起来："仍然是表格里的日期。如果说从五月六日起开始秘密约会，我统计了一下每月的约会次数：五月份，三次；六月份，三次；七月份，五次；八月份，三次；九月份，三次；十月份，一次。由此可见，约会次数最多的是七月份。从九月十三日到十月十日，几乎有一个月的时间没有约会。另外，在姬田去世的十一月三日之前，也有很长时间没有约会。从这种反常情况分析，姬田的秘密约会里似乎出现了不小的风波。我想在那一段时间里，你作为姬田的好朋友，一定能从他当时的脸色和说话里感觉到一点什么……"

杉本正一开始根据这张简单的表格回忆，似乎想起姬田吾郎当时的一些反常举止和言行。

"我发现姬田心不在焉，坐立不安的时候，确实也是五月初，应该说与这张表记述的时间是吻合的。当时，我想姬田在生活上大概碰到了什么问题。曾几次故意引诱他，套他说实话，可他一直守口如瓶。看到这张表，我又想到九月底前后，当时，我见他一天到晚愁眉苦脸，坐立不安，还常常直愣愣地望着天空，对待工作漫不经心。我暗自思忖，姬田心里一定有什么烦恼的事。于是，我想方设法去安慰他、关心他。可他并不领情。"

杉本正一说到这里，抬头望了一眼蓑浦警察。

"噢，这张表与制造这起凶杀案的凶手，一定有什么关联。姬田也一定是由于参与了这种秘密约会，给他自己带来了事先想不到的烦恼。不过，我也总觉得奇怪。姬田曾一度忧愁、烦恼，这是事实，可我无法明白他为什么被杀。相反，烦恼的结果应该是自杀。姬田的死真的是自杀吗？

资深的蓑浦警察听了这些，丝毫没有改变自己原来的观点。此刻，他打算返回警察局，斩钉截铁地说："不管怎么说，我认为是他杀，但动机尚不明白。另外，凶手究竟是什么组织的人物，还没有一点线索。从现在起，我将一步一步地靠近凶手，尽快侦破这起案件。你可能还有一些不明白的地方，但我告诉你，侦探工作实际上是最刺激、最有趣的行当。有犯罪事实，就必然有罪犯存在，这是毫无疑问的。以罪犯为侦查中心，步步紧逼，缩小包围圈。但在侦查过程中，性急不足取，光凭直觉更不行。包围圈里倘若有一丝空隙，罪犯就有可能漏网。我认为，表格里使用英文字母，目的是不使别人产生怀疑，又不暴露约会地点。比如，宾馆等。我打算下一步从地点着手，靠两条腿进行摸排。如果这条路走不通，再寻找别的路。第一个英文字母表示的场所，在东京何止百家，可我一定要找到它们。根据我多年积累的侦探经验，还可以采用其他各种各样的手段，我想不需要耗费很大精力。今天就麻烦你到这里，过几天我可能还会来找你商量。刚才拜托你的那些事，请尽量给我提供一份详细的书面调查。我等你的电话，如果我不在办公室，请把姓名留给警察局的总台。我接到通知后会马上打电话与你联系的。"

说完，蓑浦警察鞠躬行礼，向杉本告别，消失在夜色浓浓的大街上。

明智登场

"你有半个月没有来了吧？怎么样，有头绪了吧？"

烟雾中传来亲切的说话声，他就是大侦探明智小五郎。此刻，他正满脸微笑地望着蓑浦警察。

"呃，根据姬田日记里的那张表格，凡与第一个英文字母相同的宾馆、咖啡馆等，我都一一去过了。"

听这口吻，像是在向上司汇报工作。

十二月上旬的一天早上，蓑浦警察拜访过大侦探明智小五郎。明智侦探事务所也是明智大侦探的居所。

"就你这种吃苦耐劳的精神，在警察局里没有哪一个侦查员能比得上你。为了侦破姬田的凶杀案，这段时间一定吃了不少苦吧？"

明智小五郎嘴里不停地夸奖这位资深警察。他还吩咐助手小林芳雄给蓑浦警察端来一杯热咖啡。明智小五郎不仅与蓑浦警察关系亲密，与其上司——警察局搜查一科的安井科长也感情甚笃。

受到明智小五郎的表扬，蓑浦警察脸上并没有流露出高兴的神色，而是急急忙忙地从口袋里取出笔记簿翻找记录。

"在商业电话簿上，根据名称的第一个英文字母K、O、M和Y，寻找相应的宾馆、西餐馆和咖啡馆。我数了一下，与表格上数据相似的场所竟有一千多家。从中筛除不适合秘密约会的一些场所，再按照辖区警察局分类，然后拜托警察局的朋友调查，寻找具备下面三项条件的秘密约会场所：1.日期相同；2.时间相同；3.该场所服务员见过姬田吾郎模样的男子。经过梳理，从一千多家到一百多家。然后，我亲自挨家访问。

"日记上记载的七月十三日到八月二十一日这段时间里，秘密约会一共是六次。可那些约会地点距离东京太远，也就取消了。剩下的十二次约会地点，我逐一作了调查。最终剩下了五个地点，都有大的疑点。这十二次秘密约会，有些地点多次出现重复。例如K表示的地点，一共重复五次。经过筛选的五个地点，我觉得有价值的线索就在其中。像谷中初音町的'清水饭店'，据了解，貌似姬田的男子去过两次；港区今井町高级宾馆里的'柯达咖啡馆'，貌似姬田的男子去过两次，剩余的一次尚未弄清楚，好像也在这几个地点的其中一个。就目前了解到的情况来说，八次秘密约会的地点已经基本弄清，应该说了解得差不多了。可五个秘密会面地点都在小巷里，稍不留神就会一晃而过，不会留下任何深刻印象。这些地点的内外环境与姬田的身份不相符，简陋、陈旧、寒酸。我去这些地方调查时，把姬田的照片与其他人的照片放在一起给店主和服务员看。他们一眼就认出了姬田，还能回忆出具体日期和时间。这充分说明，表格上的英文字母表示约会地点的首字母。这五个地点，姬田共去过八次。

"据说，他每一次去的时候，都有一个四十岁左右的女人陪伴。每次到饭店都是订一间安静的包房，两个人关上房门后要待上一段时间。相互说话时嗓音压得很低，站在门口根本听不见。一两个小时过后，双双离开饭店。"

"那女人是谁？"

明智小五郎伸展双腿，从烟盒里掏出一支烟。

"那，实在是……没有办法弄清楚那女人的来历。姬田的女友们，我大致都了解过了，没有一个与那女人相像的。再说那八次秘密约会是否同一个女人陪伴，我还没有弄清楚。总之，那女人的穿着打扮每一次都不同。听说那女人身着朴素的和服，外表看上去像一个遗孀，不像一个有钱人。每一次出现时，装扮都不同。可姬田交往的女友中间，绝对没有这种打扮的女人。姬田的朋友们都是这样评价的。"

"这么看来，在朋友们中间，姬田是一个很讲信用的人。"明智小五郎边笑边说。

"我找到一位叫杉本的男子，他与姬田在同一家公司工作，是姬田生前最好的朋友。我把表格交给他，请他调查与表上相同的时间里，姬田是否外出过。几天后，结果出来了。从七月份到八月份里的六次约会，都是星期日。我把这六次剔除掉，剩下是九次。根据比较，姬田实际外出的时间早于表格上记载的时间。"

"每一次外出都是因公，外出时间长达两个小时。有时候返回公司，有时候回家。总之，那女人是一个谜！如果一直是她一个人陪伴，那女人也许每一次都改变装束、容貌。其实，化装是很浪费时间的。因此，必须找到那个神秘的女人。她究竟是谁？你想过了吗？"

明智小五郎话中有话，意味深长地望着蓑浦警察。

"没有，事实上，我已经想尽办法了。"

蓑浦警察脸上一筹莫展的表情。

"你在搜查方面非常仔细、认真，在警察局里你是数一数二的，可缺少想象力和推断力。"

"我不允许自己凭直觉而去任意想象。仅凭想象找犯罪嫌疑人，相反会走一些意想不到的弯路，自找麻烦。即便着急也不能没有头绪，只有仔细筛选、认真搜索，逐渐缩小包围圈才是最佳的侦查方法，才有可能提前破案。"

"这些都是你的优点，我非常敬佩，但是，现实主义者也需要想象。束缚想象思维的侦查手段，无法破案。姬田日记里的数据，英文字母K啦O啦，帮助你找到了秘密约会的地点。这不就是你靠想象力获得的成功吗？可你却说，与姬田一起的那个女人难以想象。"

"是的，的确想象不出。"

蓑浦警察对明智小五郎的提示并不在乎，固执地认为不能随意想象。

"哈哈哈……你真顽固啊！好吧，我说说我的想法。我看了那张表格立即思考了起来。首先给我的感觉是他们的约会极其秘密。约会时间仅限于白天，这就是特征。也就是说，这女人每一次外出都是趁丈夫不在家的时候。根据我了解的范围，除大河原夫人外没有第二个人。当然，现在下结论还为时过早。但我想，有必要核实一下。好在大河原先生的秘书武彦庄司是我的朋友，我把这张表重抄了一份交给他，请他根据表上的日期和时间，核对大河原夫人当日、当时是否在家。一个星期后，庄司尽他所能提供了调查报告。大河原先生每一次外出和回家的时间，看门少年都有详细记录。经过与看门少年的日记台账核对，表格里所列的日期和时间，大河原先生都不在家。"

"他外出的时间比表格里的时间早很多，回家的时间几乎都是深夜。由于身兼多家大公司的要职，晚上都有重要的社交活动。有时候是出席公司董事会，有时候是参加公司招待会。夫人由美子外出时间没有记录，无法知道得很详细。不过，夫人外出的日期和时间，看门少年大致能回忆清楚。据说，平时只要大河原先生不在家，夫人由美子就上银座采购。

"通常一个月里，夫人由美子还要去几次剧院看戏曲或听音乐会。赤坂那里有一家矢野目美容院，女店主与夫人由美子十分要好，据说婚前就是一对好朋友，因此经常去她那儿美容。夫人由美子每一次外出的日期和具体时间，与表格上写的完全吻合，也就是说，虽不能完全认定陪伴姬田的那个女人就是大河原先生的夫人。但相对而言，大河原夫人的疑点最大。"

对于明智小五郎这番美妙而又动听的"想象"之言，蓑浦警察的脸上仍然流露出无法接受的表情。

"我完全没有想过是大河原夫人。凡见过与姬田在一起的那个女人的，都说她穿着打扮朴素、不显眼，不用说，她不会是一个漂亮女人。把这种女人和奢侈阔绰的大河原夫人牵连在一起，我实在不敢苟同。"

"人，随着情况和场合不同，可以干出许多离奇，令常人难以预料的事情。尤其是养尊处优的贵族小姐，更容易产生超常的想象或者实施超常的行为。虽说化装确实非常麻烦，需要动一番脑筋和花费时间。可像她要去的场合，是不能让任何人知道的。否则，后果不堪设想。何况，她是一个聪明非凡的女人，无疑习惯逆向思维，喜欢想一些稀奇古怪的主意。比如选择一个不显眼的场所，通过化装使自己成为另一个人，给人一种平民的感觉……"

"这样看来，那女人必须预先知道主人何日何时出门，然后安排自己匆忙出门，是吧？如果在家化装又不让人看见，能做到吗？就这点来说，我就觉得很困难。倘若在外面化装，那难度更大。总之，我还是觉得你的推理不太可能……"

"是吗？真的很难吗？我看没有办不到的事。像化装之类的事，主要取决于夫人的性格。我打算拜访一次大河原夫妇，只要与他们夫妇俩交谈一下就可窥一斑而见全豹。

"大河原先生与从前一样，喜欢侦探推理小说和魔术。我曾经还拜托武彦调查一件事，即姬田从鱼见崎坠落大海的当天，大河原先生的家里有哪些人在。以当天傍晚五时为基点，了解有没有人在五时前后外出五六个小时。这是最近的事情，应该能了解得一清二楚。这一点，你仔细了解过吗？"

"当然了解过。"

搜索排查

蓑浦警察已经等得不耐烦了，翻开笔记簿说："大河原夫妇带着武彦与司机，乘坐自备车到坐落在热海的大河原别墅。留在家里的，一共有十个人，分别是：管家黑岩先生、夫人奶妈种田富子、看门少年、两名侍者、两名勤杂工、女厨师、管理庭院的老人及司机的太太。当天，他们中间有一半的人在家，另一半人外出。外出的时间，在两三个小时以上。前后有五个小时不在家的是极少数，他们是管家黑岩、种田富子和小侍者。小侍者回到根岸自己的家，完全没有作案时间。黑岩有自己的住房，在大河原别墅的附近，平时都住在自己的家。他那天大清早出门，拜访家住小田原的朋友。我拜托小田原警察局的警察，找到那个人核对，证实管家黑岩当天确实去过他家，还一起去饭店用餐，回家后下围棋，深夜才返回自己的住宅。

"不管怎么说，热海与小田原之间很近，我们必须对管家黑岩进行深入调查，不然的话，无法对他那天的行动作出正确结论。夫人奶妈种田富子是那天中午外出，据说独自一人去歌舞伎茶座看戏，回到家的时候是晚上。她有一个偶然遇上的证人，也就是说傍晚五时前后，她在歌舞伎茶座的走廊上凑巧遇上村越。经过调查核实，他的回答与种田富子说的情况完全一致。因此，他俩也完全没有作案时间。村越是城北制药公司的青年职员，鉴于大河原先生兼任城北制药公司的要职，故而常到大河原先生家做客，据说与姬田也是朋友。说到这里，凡留在大河原先生家的人都没有作案时间。"

"我也清楚大河原夫妇和武彦都在热河别墅里，但那个司机呢？他在哪里？你调查过吗？"

"调查过了，也在热河别墅。大河原先生独自驾车去了高尔夫球场，据说是与朋友打高尔夫球。司机没有了车，再说也无事可干，便独自一人出了门。在事件发生的时候，也就是五时左右，他回到了热河别墅，与管理别墅的夫妇及其女儿聊天。这是管理别墅的老头儿提供的证词。"

"姬田在东京的朋友，是否调查过了？请谈谈调查结果！"

"这项调查耗时很久，可结果很简单，那些朋友都没有作案时间。根据姬田父母亲提供的通信录，记录的朋友一共有十一人。经过调查核实，他们当天都在东京。从东京到热海，一个来回至少需要四至五个小时。而这些人中间，那天没有一个人是独自行动的，而且都有人证明他们在东京。这些证词都在我这儿。"

"照这么说，姬田的周围没有一个犯罪嫌疑人？"

明智小五郎用双手支撑着脑袋，自言自语地说道。喃喃自语间，脸上流露出奇怪的笑容。

"我被同事戏称为徒步侦查警察，一个月里硬是靠两条腿走访了许多地方。其结果就像我刚才所说的那样，但我并没有气馁。从现在开始，算是真正进入了实质性的排查阶段。即便再小的疑点，只要让我抓住，我会竭尽全力深入调查。一些往往不被注意的类似门缝大小的空隙，只要向纵深发展，说不定能找到一个大破绽。"

"照这么说，你好像已经发现了空隙？"

明智小五郎微微一笑。

"是的，我发现了。不过，结果究竟是一个多大的破绽，暂时还说不清楚。除此之外，再也没有找到新的空隙。从现在起，我打算跟踪调查村越均。刚才在听先生您说的时候，我已经注意到这个问题了。武彦告诉我，姬田与村越反目成仇，曾经在大河原先生家的庭院里打过架。这俩人为何要反目成仇？就是为了博取大河原先生的信任而势不两立，也不至于发展到置对方于死地。一定还有什么其他动机！本案的杀人动机，我还没有彻底搞清楚。

"虽说姬田生前参与秘密结社的事露出了马脚，

但就是找不到确凿的线索。究竟是姬田与秘密结社有关？还是姬田与村越在结社过程中结下不共戴天的仇恨？关于这些情况，案发前没有任何预兆。听了先生刚才的一番话，大河原先生的夫人值得怀疑。也许姬田与村越为赢得夫人的信任而争风吃醋，相互忌恨在心，以至发展到你死我活的地步。但像这样的推理，我总觉得有些自相矛盾。因为，按表格上的数据进行统计，七月份属于频频约会的高峰期，那以后便逐渐减少。尤其从九月中旬到十一月初，在长达一个半月的时间里，秘密约会只有一次。倘若姬田失去夫人的宠爱，也就等于失去了与村越竞争的能力，应该说没有可能成为被置于死地的受害人。因此，姬田被害，无论如何我也想不通。"

"蓑浦警察，这就是本案的魅力所在。只要找到这把'钥匙'，矛盾就迎刃而解，案情也就真相大白了。总之，应该把调查的视线紧盯着与姬田有怨恨的村越。尽管有人证明村越不在案发现场，可事实上你已经找到了疑点。"

"是的，我想到过这项证词有疑点。种田富子视力老化，据说她在大河原先生家里因经常认错人而闹笑话。那天在剧院里，她在走廊根本看不清楚与其打招呼的人长得什么模样。就这个问题，我打算马上再去核实一下。老人家曾对我说，第一个在走廊上与她擦肩而过并且喊她的人是村越。如果说村越有编造自己不在案发现场的动机，必然预先通知种田富子于那天去剧院看戏。随后，委托一个长得与自己相像的好朋友在剧院等候种田富子的出现。然后，主动跟她打招呼，聊上几句话后分手了。当然，这位朋友原先见过种田富子，因此，只要换上村越常穿的服装，模仿村越的语气就能蒙混过关。村越的周围，肯定有这样的朋友。我调查过的姬田的那些朋友，除村越以外，都有两个以上的人证明他们不在案发现场。唯独村越，只有老妇人证明。就这一点，我认为有必要进一步调查村越。"

明智小五郎点点头，表示赞同。

"对，这项调查是很有价值的。我认为，你应该采取公开跟踪的办法对付他，即尾随跟踪。你觉得如何？从早到晚连续不断地跟踪村越，天天如此，风雨无阻，促使他在心理上产生极度恐慌，从而露出马脚。"

"采用公开跟踪法？您这主意太妙了！这家伙也太有趣了！每天从早到晚，身后跟着一个'警察保镖'。好吧，我就像蚂蟥那样牢牢地黏附在他身上。其实我最喜欢的，就是公开式的尾随跟踪……这两天，我和种田富子再见一面，核实清楚后就开始跟踪。一有新的情况，我会及时向您报告。告辞了！"

蓑浦警察说到这里，站起身来，恭恭敬敬鞠了个躬离开了。

蓑浦警察走后，小林芳雄走进房间收拾桌上的杯子和烟缸。明智小五郎边看着他忙忙碌碌，边微笑着对他说："听见刚才我俩的谈话了吧？谈谈你的看法。"

"我觉得先生已经在考虑另一种可能性了。"

"嗯，也未必那样。"

"如果公开式的尾随跟踪就能顺利破案，先生也不必这么费劲了。"

说完，师徒俩相视一笑。对于先生的眼色和说话语气，小林芳雄比一般人熟悉，并且观察得仔细、透彻。

先生"也未必那样"的回答，其本意就是"是那样的"。

可先生到底想干什么，小林芳雄也未必清楚，只有先生本人明白。小林芳雄认为自己已经察觉到先生心里的秘密，脸上红扑扑的，挂满笑容，内心十分激动。

坦诚认错

　　也就是蓑浦警察拜访明智小五郎的那天，大河原义明因公司业务需要，于次日去大阪出差。按照惯例，武彦庄司也跟着一起去。

　　出发前的一天夜里，武彦庄司独自一人在图书室里查找资料。忽然，由美子走了进来。

　　"武彦，我有话要对你说，但不是一两句能说清楚的，想请你留在家中……还有，我刚才突然感到身体不适。因此，你明天不要去大阪了。留在家里，慢慢地听我说……"

　　武彦庄司惊呆了。一直被自己视作长辈或大姐的夫人由美子，突然用亲热的口吻和自己说话，这让他顿感受宠若惊，茫然不知所措。

前几天，武彦庄司接到明智小五郎绘制的一张表格，让他填写案发那天由美子的行动内容和具体时间。武彦庄司填写后，把表格交给了明智小五郎。明智小五郎虽没有向武彦庄司说明是调查由美子的，可武彦庄司是明白人，立即察觉到这是调查核实由美子与姬田吾郎被杀案是否有牵连。

姬田吾郎的死，引出了大河原义明夫妇俩有作案嫌疑。尤其当武彦庄司听到被自己视作长辈的由美子名字时，脸吓得变色了。

调查结果显示：由美子在案发当天的那个时间段里，根本没有外出过。这到底意味着什么？武彦庄司感到真是一个谜，可在他看来，夫人与姬田吾郎被害毫无瓜葛。

但是，大河原义明夫妇肯定有什么不可告人的事情，否则，明智小五郎也不会平白无故地对他们展开调查，明智小五郎可不是那种等闲之辈。

几天来，武彦庄司就是在这种烦恼且心情日益复杂的情况下度过的。当他一听到由美子的这番话，立即转过脸朝她看了一眼，爽快地答应了。

"是，按您的吩咐做。我稍稍有点头痛不适的感觉，去医生那里看一下就回来。"

那天晚上，武彦庄司到附近的医院看病，巧妙地骗过医生后回到房间早早地睡了。

第二天，大河原义明一走，武彦庄司便按照由美子昨晚说的，前去登门拜会。此时，夫人家中所有的用人还在酣睡之中。每每遇上主人出差在外，家中都是静悄悄的。

武彦庄司蹑手蹑脚地走在铺着地毯的走廊上，犹如梦游患者，心扑通扑通地跳个不停。他来到夫人房门口轻轻地叩了两下，房门是虚掩的。

由美子好像等候多时，用手势召唤武彦庄司，然后指了一下椅子示意他坐下，自己则躺在宽大的安乐椅上。

武彦庄司竭力克制自己紧张的心情，装着什么也没有发生似的坐在与夫人面对面的椅子上。

"武彦，你大概有什么话要对我说吧？因此，我特地留下你，不让你去大阪。如果主人在家，我们就不可能像这样在轻松的环境里慢慢地交谈。"

由美子的口吻平稳、镇定，武彦庄司则紧盯着夫人脸上的表情，什么话也没有说。

"武彦，你问过阿菊她们了吧？我已经了解得非常清楚。你问她我什么时候去过什么地方，等等。阿菊全告诉我了，我希望你能直接问我。"

阿菊是由美子的贴身女佣。听到这里，武彦庄司尴尬极了，脸色煞白。

原来，由美子已经全部知道了！武彦庄司急得全身上下冒冷汗，就连胳肢窝里也渗出了汗水。

"是的，我确实问过。"

事到如今，已经无法蒙混过关，只有全部坦白才是上策。与其憋在心里独自烦恼，倒不如现在痛痛快快说出来，一切听天由命。

"我不知道为什么。是明智小五郎托我问的，并要我瞒着夫人暗中调查……"

"果然有那么回事！调查的日期从何时到何时？你还记得具体是哪些日子吗？"

由美子说话时，脸上没有半点发怒的表情，相反，目光里流露出善良的眼神。武彦庄司暗暗地松了一口气。

夫人如此镇定自若，心平气和，无疑跟那起案件毫无关联。明智小五郎一定是神经过敏。不管做什么，把话挑明不就好了吗？这种担心是毫无必要的。

武彦庄司暗自思忖后，开始转守为攻。

"我一点也记不清了。但是……请稍等一下，好像那张记录还在。"

武彦庄司摸了一下口袋，小心翼翼地取出那张纸片递过去。由美子一行一行地仔细望着，那眼神好像在回忆什么。

"看不懂。上面写的日期和时间，是从哪里弄来的，你知道吗？"

"不知道，明智先生什么也没有对我说。但是……"

"但是什么？你想到了什么？"

由美子瞪大眼睛紧紧地注视着，武彦庄司踌躇不安起来。

"我想，那大概是夫人与某个人在外会晤的日期和时间吧？"

夫人的嘴角微微含笑。

"你是说与某个人？"

由美子没有继续说下去。这时，姬田吾郎生前的说话声好像在武彦庄司的耳旁响起，武彦庄司大吃一惊，声音又猛然消失了。

"我没有做过那种事，明智先生肯定有什么错觉，我的确经常外出，但大部分是在丈夫外出的时候出门，购物啊，去剧院看戏啊，听听音乐，或到朋友家去玩。每个月里，丈夫大约有半个月的时间因公外出，这你是清楚的。我外出时间与他差不多。可这上面写的，每个月只有三到四次，显然与我真正外出的日期不相吻合。上面标明的日期和时间，即便我不在家，也只能说是巧合和偶然吧！我每个月外出的时间，比那上面写的要多上好几次呢！"

武彦庄司没有吱声，认真地听着。

"是呵，我如果能回忆出这些天的情况就好了。可是……已经过去那么长时间了，我自己也想不起来了。可最后十月十日那天的情况，我还能记得一点。那天中午过后，我到赤坂的矢野目美容院美容，与女店主聊天一直到傍晚。矢野滨子是我多年的好朋友，因此我俩说起话来十分投机。"

武彦庄司认为，十月十日那天，夫人肯定邀约了几个人一起去那家美容院。这种情况，只要调查一下就可以了解清楚。

"明智先生究竟在考虑什么？我很希望能拜见他，同他慢慢地长谈一次，不知有这种可能性吗？"

明智小五郎在思考什么，武彦庄司也不清楚。但他深信，明智小五郎之所以这样做总有他的道理，不会徒劳。

可一看由美子不慌不忙、稳如泰山的神情，他似乎又觉得明智小五郎这次可能会产生失误，错怪好人。

武彦庄司感到自己像三夹板，处在明智小五郎与由美子之间，左右为难，默默地望着地面。夫人也许察觉到了武彦庄司的心思，立刻换成爽朗的说话口气。

"武彦，你是接受明智先生的委托暗中调查我的吧？可事实上，你确实是在为我担心。不过，我告诉你，你不用担心！在明智先生的头脑里，也许把姬田从断崖坠落的事件与这张表联系在一起。可事实上，我与这张表没有半点牵连。因此，请你别胡思乱想。我知道你在想些什么。论年龄，我仅比你大两岁。可言行、举止和思维，我像一个长辈。从你来我家的第一天起，我就没有把你当外人看。有时把你当自己的弟弟，有时把你当自己的孩子，我一直是这样的感觉。自从父母逝世后，我长时间孤身一人。嫁到这里后，与丈夫大河原先生一起生活。也许是两人生活显得单调而寂寞，总希望有朋友光顾、聊天。姬田和村越常来我家玩，给我和我们家带来了欢乐。不过，他俩也并不仅仅是陪伴我。对我而言，他们是一般朋友而已，谈不上是什么知心朋友，我不可能与他俩深交。

"也就在这时，你来到了我家，并且与我们朝夕相处，亲如一家人。因此，不管你有什么要求和想法请尽管对我说。只要我能办到的，一定竭尽全力。"

武彦庄司一边听一边感到自己好像在做梦，脑袋里乱七八糟的。坐在自己对面的夫人，似乎一瞬间成了自己的大姐，又像自己的妈妈。

啊，我一直在为夫人担心，担心她做出那种可怕的事。可夫人的心地是那么善良、温和，我怎么能怀疑她与姬田吾郎事件有牵连呢？

"夫人，我真对不起您啊！望您海涵！"

武彦庄司心里后悔莫及，默默地对由美子说。

公开跟踪

　　蓑浦警察身穿西装和披风坐在电车车厢里，身体随着车身微微地摇晃着。村越均坐在离他很近的座位上，身边挤满了乘客。

　　事件发生后不久，蓑浦警察已经两度拜访过村越。他俩之间已经不再陌生。

　　"哦，早上好。"

　　他俩之间虽只隔着两三个人，可村越已经认出了蓑浦警察，主动向他打了一声招呼。村越均认为，在车上与蓑浦警察相见纯属巧合。

　　这一天，是蓑浦警察拜访大侦探明智小五郎后的第二天。根据明智大侦探的建议，蓑浦警察开始对村越均实行公开跟踪。

在警察局里，跟踪侦查是蓑浦警察的强项。可以这么说吧，没有第二个警察像他那么出色，那么有耐力和恒心。

跟踪侦查一般分为两种类型。第一种类型称为"秘密跟踪法"，也就是说，跟踪的时候，丝毫不让对方有所察觉，掌握对方每天的行踪和去向；第二种类型称为"公开跟踪法"，也就是说，跟踪的时候，故意让对方有所察觉，并且不停地跟踪，造成对方神经极度紧张。倘若对方是罪犯，无疑坐立不安，慌乱中露出蛛丝马迹。像这样的公开跟踪，可以做到追根究底，直至破案为止。

他们认为，跟踪村越均得采用公开跟踪法。如果村越均伪造不在案发现场的假象，说明他不是一个能轻易对付的等闲之辈。

根据大家的意见，蓑浦警察省略了秘密跟踪法需要的化装。这样，他反而显得轻松了。从村越均每天早上出勤开始，蓑浦警察便展开一天的公开式尾随跟踪。

以前，村越均居住在池袋最里边的一座公寓里。最近，大概在十二月份，他把家搬到离涩谷车站步行仅五六分钟的神南庄。

神南庄是旧式的西洋住宅改建的公寓，至今仍保留着古朴的风格。也许村越均喜欢那种格调，他租借了一个大约十六平方米的房间。每天早晨，村越均从这里出发到城北制药公司上班。该公司坐落在距离赤羽车站步行十分钟左右的地方，村越均每天往返于涩谷与赤羽之间。

蓑浦警察一下电车就挤在人群里，与村越之间保持两三个人的距离。今天已经是第三天的跟踪了。

在公司里，村越均是总务科副科长，经常因公出差。与姬田吾郎所不同的是，他对读书具有浓厚的兴趣。从公司下班回到家里，他几乎闭门不出，也就是说，他全天要么在家，要么在公司。像这样只需要白天跟踪的例子非常少见。对于侦查警察来说，也是比较轻松的。

一天，村越均开始忐忑不安。在拥挤的电车厢里，只要一抬头就看见蓑浦警察与自己隔着两三个人，三天来都是如此。一旦俩人视线交织在一起的时候，蓑浦警察则俏皮地把手放在帽檐上向村越均行警礼。

一走出车站，蓑浦警察始终与他保持着十米左右的距离，佯装互不认识，而且不紧不慢地跟在他后面。

在第四天下班回家的路上，村越均脸上露出了怒气冲冲的表情，在车厢里见到蓑浦警察也不打招呼，也不回礼，故意把脸扭向一边。

从涩谷车站下车后，两个人一前一后地行走在大街上，中间仿佛连着一根十米左右的无形纽带。

村越均认定蓑浦警察在跟踪自己，一走到车站出口，便猛地停住脚步转过身，脸上露出的是无法忍耐的表情。

蓑浦警察则满脸笑意，若无其事地迎面朝村越均走去。

"喂，你为什么老是跟踪我。要是想调查，你可以传讯我到警察局不就得了。你每天跟踪我到底为了什么？"

蓑浦警察十分镇静。这种时候的处理方法，必须笑脸相迎。村越均的脸涨得通红，恶狠狠地盯着对方。

"没有这回事，是巧合呀！我的行走路线正巧与你的行走路线相同，纯粹是一种偶然。希望你别在意，好，失礼了。"

蓑浦警察说完把手放在帽檐上行警礼后走开了，可他并不打算就此结束跟踪，而是妥善处理刚才的僵局后，过一会儿再尾随跟踪。

村越均望着蓑浦警察远去的背影咂了咂舌，好像想到了什么，突然转身朝车站广场的出租车站走去，坐上一辆出租车走了。

这时，蓑浦警察正巧转过脸，见状稍稍吃了一惊。对手这种甩尾巴的做法，他过去碰得多了，于是他立刻跑到一辆出租车跟前，命令司机迅速追上去。

"我是警察局的刑事侦查警察，一定要追上前面那辆出租车，别让它跑了！"

村越均乘坐的那辆出租车与蓑浦警察的那辆出租车，仅相隔十五米左右。村越均乘坐的出租车忽然一个急转弯，朝新宿方向飞驰而去，紧接着穿过百货大楼来到宽阔的环线公路上，朝池袋方向疾驶。

蓑浦警察两眼紧紧地盯着前面的那辆车，不停地催促司机快开。眼看就要到达池袋的时候，前面的车突然刹车停住了。

也许就在这里下车，然后再去别的什么地方？

蓑浦警察命令司机停车，把手放在车门上正要开门下车。可前面的村越均并没有下车，好像在对司机说着什么。

刹那间，那辆车又飞一般朝前开去。随后，又调转车头向相反的快车道驶去。

呵，打消念头了！

蓑浦警察命令司机也调转车头追上去。

车，终于停在了村越均的居住地——神南庄公寓门口。村越均深知无法甩掉蓑浦警察这条尾巴，无精打采地回家了。

蓑浦警察下车后，像以往那样站在距离神南庄五十米左右的烟店旁，紧盯着公寓的出入口。可他不明白的是，刚才村越均乘车转圈的举止，无疑有什么不可告人的目的。他的目的地是哪里？蓑浦警察无法推断。

看来，这家伙多少有点胆战心惊、度日如年的感觉了！由此看来，村越均不像是一个清白的人。刚才他那样做，一是惶恐不安，二是甩掉尾巴，三是去某个地方。他肯定是与某个人见面，通知对方自己的背后有尾巴，希望对方留神。可如果仅仅是为了这个，用电话通知不就行了？可能对方家里没有电话，必须见面说？等一等，也许那家伙是村越的替身？即出现在剧院冒充村越均向夫人奶妈打招呼的那个家伙。可村越均是否去过剧院？目前尚没有得到确凿的线索。

蓑浦警察虽然一边同烟店的老太太闲聊，但脑袋里却不停地思索着：村越均知道我坐在出租车里追赶他，今晚也许会格外留神而不外出？看来，最重要的是明天白天。如果我设身处地站在村越均一边，肯定也是这样的判断。是呵，趁明天白天在公司工作的时候，溜出去与替身见面商量对策。他供职的那家公司，出入口有五六个。趁我不注意的时候他可以溜之大吉。对！明天千万不能上当。

蓑浦警察整理了下一步的打算，又监视了一个多小时，然后回自己的家了。第二天，他改变了单纯的公开跟踪法，改用秘密跟踪法与公开跟踪法相结合的办法。

按照昨晚的设想，蓑浦警察让助手警察化装后分别把守制药公司大楼的出入口，而自己不化装，还是以原来的模样把守正门。这是一种混淆视线使对方麻痹的策略，引诱村越上当。蓑浦警察采取的是引蛇出洞的跟踪战术。

村越均被蓑浦警察连日来的跟踪弄得头大，脱不开身。如果避开蓑浦警察的视线，首先得避开来自正门的监视。连日来，蓑浦警察一直是站在公司大楼的正门附近监视。倘若村越均发现蓑浦警察在正门附近，便会放心地选择其他出入口外出。也就是说，引村越均出洞是蓑浦警察的目的。

　　一切正如蓑浦警察预料的那样，村越均选择了最狭窄的边门溜出公司大楼。他跑到大街上，喊了一辆出租车朝日暮里方向驶去。在边门守候多时的警察，随即也坐车跟了上去。

　　在日暮里的一处垃圾角落，前面的出租车停了下来，村越均走进一座奇怪的房子里，不到十分钟就出来了，再坐上出租车返回公司。

　　跟踪的侦查警察把这一情况报告给蓑浦警察，蓑浦警察心里别提有多高兴了，几天来的辛苦总算没有白费，多少算有点眉目了。

　　如果村越均避开蓑浦警察的跟踪进行秘密活动，就毫不妨碍侦查警察的公开行动，也就可以传唤他的同伙到警察局。

　　蓑浦警察仍然身着原来的装束，乘坐出租车朝日暮里那座奇怪的房子驶去。

访问画家

在日暮里垃圾场的一角，有一座陈旧、破烂不堪的木结构仓库。这里是富士出版社的退书仓库。

蓑浦警察围着仓库转了一圈，开始向周围邻居打听。

听说仓库的天花板上面，有尖角形状的夹层房间，居住着一个叫赞岐大吉的西洋画家。大吉对富士出版社很熟悉，既在这里居住，又兼任仓库保管员。

查看结束，蓑浦警察沿着仓库旁边的一条小路走到门口。一推开门，便能看见一座脏兮兮的小楼梯。

"谁？偷偷摸摸进来的家伙！"

突然，楼梯上传来大喊大叫的声音。接着，出现一个长着满脸胡子、不修边幅的家伙。消瘦的脸上有一对炯炯有神的大眼睛。

"你是赞岐大吉吗？"

"是的，你是谁？"

"我是警察局的刑事侦查警察，向你打听一件事情。"

瞬间，对方愣了一下，没有吱声，突然张开嘴巴笑着说道："呵呵……是吗？失礼了，请上楼。"

蓑浦警察上了楼，这是一间只有四平方米左右的房间。地上摆满了各种各样的破烂东西，犹如乡下的一家古装道具店。

"请坐下，对不起，没有坐垫，但有火，请坐在取暖炉边上。"

赞岐大吉把又脏又黑的炭火取暖炉搬到蓑浦警察的边上，蓑浦警察坐下后迅速地环视了一下周围。

房间在仓库天花板上的夹层里，摇摇晃晃，极不安全。只有一个小窗户，可能是他自己挖的，还装上了玻璃。房间有这个小窗采光，加之面积不大，并不显得昏昏沉沉的。墙上的板壁和榻榻米沾有油腻的灰尘，相反给人一种阴森森的感觉。

在破烂不堪的摆设里，最引人注目的是一个衣架模特，耳朵还在，可手腕已经脱落，肩膀和腰部布满了伤痕。这个破烂不堪的衣架模特竖立在不大的房间里，使周围笼罩着毛骨悚然的气氛。

这个衣架模特，可能是参加美术作品展览会落选的作品？蓑浦警察琢磨着。旁边的大画架上蒙着一块大油布，好像是一幅油画，但看不清楚究竟画的是什么。周围还有一些大大小小的画架，并蒙上了布。上面也涂得乱七八糟的，看不清画的究竟是什么。

画架旁边有一座江户时期的望楼钟，还有一把有豁口的茶壶。此外，还有一大堆杂志和旧报纸。两面墙上是组合陈列架，上面排列着青铜色和白色的少男少女石膏半身像，但这些石膏像的表面都已经破损。一个款式陈旧的钟，粗看像是明治时期的台灯，另外还有半身模特像。这些东西像是从垃圾箱里捡来的，其旁边堆满了小木偶的手和脚。

这房间的主人，也许精神不太正常？蓑浦警察暗自思忖。

赞岐大吉坐在蓑浦警察对面，中间是取暖炉。他伸出骨瘦如柴的手，一边烤火一边主动问道："你到我这里来干什么？"

赞岐大吉，看上去三十岁左右的模样，上身穿着一件有好几个口子的茶色毛线衣，下身穿一条皱皱巴巴的灯芯绒裤。

他一边用手挠着蓬乱的头发，一边好奇地打量着蓑浦警察。

"我是警察局的刑事侦查警察，请多多关照。"蓑浦警察说着递上自己的名片。

"哈哈，还是一级警督呢！这大概是一个非常了不起的官衔吧？"

听上去像在讽刺人，但说话的语气里又像没有那种意思。

"大吉，你认识城北制药公司的村越均吗？"

蓑浦警察开门见山，直截了当地问道。

"认识，最近刚来过！他是我的好友。"

回答得十分干脆，没有半点支支吾吾。

"认识很久了吗？"

"是的，小学时就认识了，又是同乡。他可是一个好人。"

赞岐大吉反应很快。到底是直爽还是演戏？蓑浦警察一时难以断定。

"老家在哪里？"

"喂，你不知道村越的老家在哪里？你是一级警督，怎么会不知道？真奇怪呵！是静冈，静冈附近的农村。他这人头脑聪明，成绩好，还是我们班的班长呢！我虽比他大一岁，被编在同一个班级。他呀，在我面前常摆出做哥哥的样，好像我比他小。"

赞岐大吉边说边追忆遥远的过去，脸上充满了愉快的表情。

这人不好对付！资深的蓑浦警察，望着对方那番表情，下了这么一个结论。他从口袋里取出笔记本翻开后，一边看一边问道："嗯……十一月三日，你在哪里？或者说到哪里去了？"

"你这么一问真让我为难啊！我是一个风餐露宿的流浪汉，每天都出门，东京的任何一条街我都去过，尤其喜欢千住町那里的垃圾场。我这房间收集来的物品，大部分是从千住町垃圾场那里挖出来的。怎么样？这摆设还行吧？"

赞岐大吉滔滔不绝，一口气说了许多，却是答非所问。宽大的嘴唇里，不停地往外飞溅着白色的唾沫。

蓑浦警察直勾勾地望着这张脸，突然想起村越均那张脸。

像，确实像，这张脸太像村越均了！如果剃掉这一脸胡子，像村越均那样把头发梳得油光光的，再穿上村越均平时穿的西装，完全能在眼神不好的种田富子面前蒙混过去。

因为老家是同一个地方，说话声音又有点像村越均，再模仿村越均说话时的语调，一个活生生的村越均不就"克隆"出来了吗?！

"十一月三日，请回忆一下。那是与你有缘的文化日，看样子你想起来了吧？"

"文化日？太无聊了！我这种人对文化日什么的非常反感。我讨厌文化，喜欢野蛮。人们偶然会想起原始时代，可我羡慕原始时代的程度超过一般人。我把我的画称之为野兽派，描绘着我憧憬原始人的梦。因为，原始人的创造性太了不起啦！"

赞岐大吉又改变了话题，越扯越远。

蓑浦警察赶紧"刹车"，问道："是十一月三日哟！"

"噢，十一月三日吧，想不起来。我没有在日记本上记录，记性也不好，怎么也想不出。那天的天气如何？是万里无云的蓝天吧？"

"是晴天，天气很暖和。"

"那，还是在千住町那里。我经过千住大桥，再经过荒川放水路的那座长桥。那一带我十分喜欢，是一个庞大的垃圾堆场。那天，我没有逛商场买过什么商品。"

"那天傍晚五时左右，你在哪里？已经回家

了吗？"

"是呵，我记不清楚。要说是傍晚五时，天还是很亮的吧？天很亮的时候，我不回家，我时常是半夜回家。从千住那里回家，顺路经过吉源来到浅草。"

赞岐大吉说到这里突然笑了，而且不停地笑。他问蓑浦警察："一级警督先生，你喝酒吗？"

"嗯，喝酒，可白天不喝。"

"我可要喝了，实在对不起。这里不是警察局，是我的家。"

赞岐大吉说完站起身走到黑乎乎的茶几那里，取出威士忌酒瓶和茶碗。

"怎么样，就喝一杯。"

"不喝，我一点也不喝。"

蓑浦警察摇摇手拒绝了。赞岐大吉在茶碗里倒满了威士忌，打了一个响舌，津津有味地连喝几口。

赞岐大吉不说，只能到附近邻居那里打听了。如果他十一月三日确实扮演替身到过剧院，无疑是刮掉胡子，头发梳得油光发亮的那种模样。

可他在哪里换衣服呢？从村越均那里回到这里，当时服装已经换好了。村越均让赞岐大吉穿上自己的服装后，自己穿什么呢？

鱼见崎茶馆的女服务员和农村青年说过，奇怪的男人身着褐色风衣，头戴呢帽。附近的人们，理应看见化装成村越均的画家赞岐大吉从这里出去，旁边还有身着褐色披风头戴呢帽的男子。对，等一会儿到周围打听，肯定有人看见他俩。蓑浦警察暗自思忖。

"警察先生，你刚才是说十一月三日吧？十一月三日这个文化日又怎么啦？"

赞岐大吉酒后似乎有些醉了。

"十一月三日下午五时多一点，在热海的鱼见崎断崖上，村越的朋友姬田被人推到大海里死了。"

蓑浦警察一针见血地说完，眼睛紧盯着画家的脸。可赞岐大吉脸上毫无反应，连眉头也没有皱一下。

"嗯，姬田，这名字听说过，村越经常提起他。

那事发生在十一月三日？怎么？你怀疑我？调查我是否在案发现场？哈哈哈……照这么说，你怀疑我是凶手？"

"你见过姬田吗？"

"没有！"

"那你不存在行凶的动机。大吉，我不是调查你，是核实村越有没有作案时间。

"如果十一月三日村越来过你这里，就证明他当时不在案发现场。大吉，他来过这里吗？"

蓑浦警察在引诱赞岐大吉酒后吐真言。

"记不得了。也许来过，也许没有来过。村越每个月只来我这里一次。他住的公寓，我也只去过一两次。

"十一月三日，对，也就是上个月的三日，他没有来过，月初肯定没有来过。这么说来，村越有作案的时间，我真难过啊。我不会撒谎，我是一个正直的人。"

蓑浦警察觉得这家伙酒醉心明，感到棘手，难以对付。于是，马上改变话题说："你喜欢看戏吧？"

"戏？喜欢，尤其喜欢歌舞剧。"

"这么看来，你有时候也去剧院看歌舞剧吧？上月三日，你没有去过剧院看歌舞吗？"

蓑浦警察目不转睛地望着赞岐大吉脸上的表情变化，可他似乎没有什么反应。

"歌舞剧什么的，我不常看。身上又没有几个钱，就是看也只能买站席票。说到剧院，还是浅草那里的剧院好。女演员主演的武打戏，还有儿童演的戏，我特别喜欢看。这些戏让我想起少年时代。"

赞岐大吉又打起岔来，实质性的话题他避而不谈。他到底是撒谎高手还是装疯卖傻？这让资深的蓑浦警察感到头疼。

"你刚才说，今天村越来过你这里。是中午吗？今天，按理说他应该在公司上班，可是……"

改变话题后，如果这家伙再打岔，就没有必要再继续问下去了。蓑浦警察暗自作了决定。

"快到中午的时候来的。他坐的是出租车，大约只待了十分钟就回去了。说什么正在上班，借口上厕所到我这里来的。还说什么就这么点时间，不会妨碍工作。"

"哈哈，太仓促了！究竟因何事而行事匆匆？能不能把原因说给我听听？大概不好说吧？"

赞岐大吉呀赞岐大吉，你总算被我问住了。再不能像刚才那样对答如流答非所问了吧？村越均特地喊出租车匆忙赶到这里，肯定有什么重要的情况商谈。怎么样？说不上来了吧？

蓑浦警察暗暗得意起来。

赞岐大吉仍然不露声色，镇定自如。

片刻，他长长地吐了一口充满酒味的臭气，接着笑了。然后，他用手不停地抓着沾满灰尘的头发。

"真伤脑筋！说出来真有点难为情。不过说了，也定不了什么罪名，只能算是丢丑吧！其实，是这么回事。"

画家在角落堆放的废旧杂物后面取出一卷纸。

"这样的东西就是拿给你看，你也看不懂吧？

不让你看会遭到怀疑，真没办法！告诉你，我与村越跟那起案件无任何关系，希望你别浪费时间！"

赞岐大吉愤愤不平地说完，把那张卷起来的纸放在榻榻米上摊开，让蓑浦警察看。

这是一张水印风景画，是把普通的版画印刷在两张合起来的日本造的厚纸上，犹如木刻版画，看上去已经很陈旧了。

"警察先生，我不知道这样给你看是否很详细了？这是大画家菱川师宣先生绘制的版画，十分珍贵稀少，是一位已故画友送给我的贵重物品。本来一共有五张，是一套。可现在只剩一张了，价值也大打折扣了，只卖到两万日元。如果对方识货，价格可升到五万日元。怎么样？画笔线条流畅，水印水平极高。瞧，这种水印版画连虫也不咬。"

说着说着，那双大眼睛眯成一条线，接着俯下身体欣赏。

"我把这张画拿给村越看并寄放在他那里。大约一个月前，手头吃紧，眼看吃饭成了问题，不得不把这幅画送到当铺。真难为情呵！说实话，你可能不会相信，我明天就要断粮了！再说，房租已经有两个月没有交了，房东经常上门催讨，搅得我头疼。我不得不给村越打电话，让他把那幅画送来。你听明白了吗？明天我就没饭吃了。所以，他坐车把画给我送来了。"

蓑浦警察在想，赞岐大吉的这番话也许是真的。如果是事先编造好的谎言，这对手也确实厉害。在他看来，村越均和赞岐大吉俩人究竟属于哪一种人？现在还难以搞清楚。

看着赞岐大吉长满胡子的脸和滴溜乱转的眼珠，他多少有点不寒而栗和压抑的感觉。蓑浦警察不再提问了，没有任何收获地离开了三角夹层小屋。

走出仓库后，他向附近的家庭主妇和在路边玩耍的小孩打听十一月三日的所见所闻，却没有一个人知道画家是否外出。提到村越均，他们都说没有见过，而且也没有见过身着褐色风衣、头戴呢帽的男子。

看来，只有继续跟踪村越均！

五天过去了，六天过去了，还是没有任何新的线索。蓑浦警察产生了动摇，开始感到失望。他对自己说，休息两天再跟踪吧！趁休息时，再找大侦探明智小五郎商量一下。

　　在停止跟踪的两天里，又发生了第二件意想不到的事。村越均也步了姬田吾郎的后尘，遭人暗害去了天国。

村越身亡

　　十二月十三日晚上八点四十五分，从法国归来的小提琴演奏家坂口十三郎先生举行首次广播独奏音乐会。

　　喜欢小提琴演奏的听众和追星族们一早就兴高采烈地等待着音乐会的到来。

　　被称为小提琴天才的坂口十三郎先生，很早就在日本的各家大报上亮过相，被各大媒体视为竞相报道的热点话题。据说，归国首次演出地点是日比谷公会堂。入场券在一星期前就已经售完，售票窗前每天都有好多人在等退票。

居住在神南庄的人们，也在焦急地等待着晚上的来临。这幢公寓离涩谷车站仅十分钟路程。周围都是住宅楼，十分安静，给人一种身处古寺庙的感觉。

十二月十三日晚上，村越均下班回到公寓后哪里都没有去，独自一人待在家里。他居住的房间在公寓的转角处。这幢公寓在改建之前，村越均现在所住的房间可能是客厅。墙裙的护墙板上是一排浮雕，墙身是花纹壁纸，窗户是两扇上下移动的老式玻璃窗。

唯一欠缺的是，十七平方米左右的房间里只有三个小窗，即便是白天，采光效果也很差，屋里比较昏暗。这种沉闷的气氛，对于村越来说很适合。他一到家就不喜欢出门，大部分时间都用在看书上。

村越均隔壁的房间里住着一对年轻夫妇，丈夫高桥是某制药公司的职员。这天晚上，高桥夫妇也早早地坐在收音机前，等待小提琴独奏音乐会的开始。

晚上八点四十分，主持人宣布音乐会开始。随即，收音机里传出优美动听的小提琴旋律。高桥夫妇俩仿佛忘记了一切，陶醉在美妙优雅的旋律之中。

电台播放的演奏时间不长，只有二十分钟。最后，乐曲渐渐由强转弱，一直到曲终。可人们似乎还没有尽兴，仍然围坐在收音机旁回味。

突然，收音机里传出嘟，嘟，嘟……晚上九点整的报时声。

就在这一瞬间，不知从哪里传出剧烈响声，与收音机报时声交织在一起。声音有点像房门用力关闭的响声，也像马路上两车相撞的声音。

总之，这声响令人腿脚发软。霎时，高桥夫妇从刚才的兴奋中惊醒过来，面面相觑，神色紧张。

高桥冷静下来，赶紧关闭收音机。

"怎么啦？这响声好恐怖。"

"大概是隔壁房间传来的吧？哦！好像是从隔壁房间里传出的！"

高桥住的房间与村越住的房间，中间仅一道厚墙之隔。冬天，窗和门都是紧闭着，即便有声音传出，也难以分辨究竟来自哪个房间。可这一回，夫妇俩都觉得来自村越的房间。他俩虽从来没有听见过类似枪响的声音，但总感到情况不妙。

片刻，一切又恢复到之前的宁静。

"走，去看看！"

高桥来到走廊敲了敲村越均的房门，没有动静。咦，怎么回事？村越的房间里静得出奇。

高桥用手转动了几下门锁把手，可怎么也转不动，被里面的保险挂住了。从门缝往里看，灯是亮的，但光线十分微弱。

"不会没有人！我刚才路过他门前的时候，还听到里面有收音机的响声呢。"

"好像是谁关闭了收音机，听！一点声音也没有了。"夫妇俩又对视了一阵，窃窃私语。

"奇怪！快到院子里去，从那里的窗户朝里面窥视一下。"

在院子门口，高桥碰上公寓管理员，立即向他打听。

"刚才好像有刺耳沉闷的响声，你听见了吗？"

"什么，你是说响声？什么响声？我一直在听收音机没有在意。"

"是在收音机报九时整的一刹那发出的，多半是从我隔壁那个房间里传出的。刚才，我去推他家的门，可里面上了保险。我想从院子窗户朝他的房间里观察一下。"

"你是说村越的房间？他房门上的钥匙，我这里有一把备用的。"

"是吗？既然已经到院子了，我就从他家窗户朝里看吧，也许什么也没有发生？"

高桥说完，同管理员一起来到村越房间的窗户跟前。房间里有微弱的灯光。

"看到什么了吗？房间里有人吗？"

管理员悄悄地问正在从窗帘间隙朝房间里打量的高桥，这时的高桥已浑身上下瑟瑟发抖。

从窗帘的间隙，他看到房间里的窗帘呈拉开状，床上躺着村越均。他身着西装，所有纽扣都没有扣上，胸膛部位的衬衣上有一大摊血，身体下面的床单上也是血。尸体右手边是一支黑色的微型手枪。

"肯定是枪声！刚才的声音果真是子弹射出的声音！这难道是自杀？"

高桥自言自语。

他俩准备翻窗进入房间，可窗内侧上了插销，怎么也打不开。第二个窗和第三个窗也都上了插销。

从表面上看，凶手似乎还没有来得及离开房间。

"快把你的另一把备用钥匙拿来！不！先打电话报警！"

画家被害

　　片刻后，神南庄公寓前停了近十辆警车和各媒体的新闻报道车。

　　一接到村越均突然死亡的消息，蓑浦警察立即驱车赶来。平时寂静的公寓喧闹声四起，走廊上挤满了记者。

　　管理员拿来备用钥匙打开房门，刑事侦查警察和技术警察涌入房间开始对现场调查取证。

　　技术科的法医警察及其助手，首先对尸体进行查验。

　　"枪弹直穿死者心脏，人已经死亡。这是德国造的勃朗宁二十五毫米口径的微型手枪。第二次世界大战爆发前夕，这种手枪大量涌入日本。"法医警察说。

蓑浦警察仔细端详了一下手枪，把它递给负责指纹检验的技术科警察。过了一会儿，技术科警察查验完毕，说："这上面都是死者的指纹，没有其他人的。"

蓑浦警察要搞清楚这支手枪的来历，便一一询问了高桥夫妇和公寓管理员，是否知道村越有这支枪。他们摇头说不知道。

蓑浦警察便向部下发出命令，调查枪的来龙去脉。接着，向管理员和高桥夫妇详细打听当时的情况。

现场结论都指向村越为自杀：

一、死者指纹与手枪上的指纹一致；

二、枪响前没有任何人到过凶手的房间（管理员说，没有看到陌生人进入公寓；高桥夫妇说，他们在自己房间里没有听到隔壁有客

人来访的声音);

三、村越均房间的门内侧和窗内侧，上了锁或插销。

村越均住的房间在公寓一楼的东端，北边和东边都朝着院子，南边紧贴走廊，唯有西边与居住在隔壁房间的高桥夫妇有一墙之隔。门只有一扇，面朝走廊，北边和东边都是厚实的砖墙。

北墙上有一扇窗，东墙上有两扇窗，都镶嵌着透明玻璃。也就是说，整个房间只有一扇门，三扇窗。房间里既没有天窗，也没有烟囱，不要说人，就连耗子也钻不进去。说得再确切一点，现场是一间密室。

"你怎么看？如果是自杀，必须查明原因。"

刑事侦查一科的安井科长用深沉的语气对蓑浦警察说，他当然知道蓑浦警察一直在跟踪村越均。蓑浦警察默默不语。

说村越均自杀，也没有什么不可能，不值得怀疑。种种迹象表明，村越均完全有自杀的动机。

如果村越均确系杀害姬田吾郎的凶手，加之蓑浦警察的紧密跟踪引起的惊慌，他最终走上自杀身亡的绝路。

尽管从现象上可以作出如此判断，可蓑浦警察的思路与他们完全相反。

理由之一——死者没有留下遗书。倘若村越均是凶手，理应留下一份坦白遗书。类似这种性质的自杀者，不留下任何遗书尚属先例。

蓑浦警察翻箱倒柜，再翻阅书架上的各种书籍和死者的日记本，依然没有找到遗书。虽没有发现遗书，警察却在现场发现一根白色鹅毛。那根鹅毛夹在死者的西装与背心之间。鹅毛的三分之一被血染得通红。由此可见，有人在村越均死后把它插在那里的。

姬田吾郎生前也曾经两次收到过夹在信封里的鹅毛。由此可见，村越均不是杀害姬田吾郎的凶手，他与姬田吾郎一样都是受害人。姬田吾郎和村越均的相继被害，出自同一个凶手。

没找到遗书却发现了被血染红的白色鹅毛，说明村越均的死不属于单纯的自杀。

为此，警察局立即召开会议成立专案小姐，调查村越均的死因。该专案组的组长，由一级警督中村警部担任。

就如何调查村越均死亡的原因，中村警部与蓑浦警察商讨侦查方案。

"这起案件的焦点是村越的'密室'，因此调查难度很大。再者，村越不是自杀而是他杀。他的房间看似密室，门窗内侧都上了保险，可以说万无一失。看来，这一切是凶手制造的假象。在科学发达的今天，密室杀人是完全可能的。"

"是呵，根据我的调查，这背后必有阴谋。必须尽快查清！我想再次讯问村越在公司里的那些同事及其朋友。"

在刑事侦查一科，蓑浦警察被同事称为徒步侦查能手，他与中村警部商定先着手调查村越均身边的情况，再深入下去。

"好，就这么办。你立即调查姬田和村越的被害原因以及两者之间的关系。可先从他俩周围的亲朋好友那里着手，展开详细调查。"

中村警部很了解蓑浦警察的侦查手法，十分信任他。

"我们不能忽视村越的那个朋友，也就是叫赞岐大吉的奇怪画家，他手里肯定掌握着什么重要情况。我看，应该找他了解一下情况，如果发现什么可疑之处，立即扭送当地警局。"

村越均死后的第二天，即十二月十四日上午，蓑浦警察一大早就去了日暮里赞岐大吉住的地方。小房间里空荡荡的，显得凄凉寂寞。

他急忙向附近邻居打听。

"十二日那天我们看到他外出，可没见他回来。"

那家伙可能是凶手？无论怎么疯疯癫癫，一连三天不回家确实可疑。

蓑浦警察转而一想，又觉得赞岐大吉没有杀害村越的理由。

无论如何要找到赞岐大吉，同他交谈一次。蓑浦警察当机立断，开始寻找大吉的踪影。他首先到赞岐大吉常去的垃圾堆场，又到浅草那一带寻找，却连赞岐大吉的影子都没有见着。

次日，即十五日的早晨，人们在距离千住大桥一公里的下游处，也就是隅田河里发现了赞岐大吉的尸体，死因是溺水身亡。经过调查，赞岐大吉没有自杀动机，尸体上也没有发现可疑的白色鹅毛。

一个接着一个的凶杀案，使蓑浦警察陷入了痛苦的思索。第六感告诉他，制造三起凶杀案的罪犯是同一个人。

被自己视为布控目标的村越均和赞岐大吉，相继遭到杀害，与其说自己在跟踪犯罪嫌疑人，倒不如说犯罪嫌疑人在暗中跟踪自己。其杀人手段狡猾而又残忍，完全超出常人。

密室解谜

　　画家赞岐大吉溺水身亡的第二天，也就是十六日的晚上，侦探推理小说作家大江芝村先生打电话给大河原义明。

　　他俩是一对好朋友。

　　"我的好朋友明智小五郎打算拜访您，并向您打听一些情况。百忙之中多有叨扰，实在对不起，您看可以吗？"

　　听说是著名侦探明智小五郎要来，大河原义明喜出望外，当即表示热烈欢迎。他早就希望拜见明智小五郎。

当天晚上七时左右，明智小五郎如约来到大河原家登门拜访，大河原义明请他到自己的书房，热情地说："明智先生，听说我秘书武彦与您很谈得来，他经常在我面前夸您呢！如果不妨碍的话，我想请夫人和秘书武彦一起拜会您，好吗？"

大河原义明一阵寒暄后提出这个请求，明智小五郎表示同意。

大河原义明和由美子初次拜见大侦探明智小五郎，带着强烈的好奇心望着他。

明智小五郎长得与众不同，瘦高个，长脸，高鼻梁，一双眼睛炯炯有神，紧闭的嘴唇线条鲜明，头发黑白各半。现实中的明智小五郎比报上刊登的照片要潇洒、精神得多。

他身着黑色的西装背心套装，端坐在椅子上，跷起二郎腿，两条腿显得修长。

突然，他问大河原义明："您知道赞岐大吉的死吗？"

"哦，不知道。这人与姬田吾郎和村越均之间有什么关系吗？"

两天前，大河原义明刚接待过警察局专案组组长中村警部的来访，中村警部根本没有提起过赞岐大吉的死。

"好像与姬田没有什么关系，但与村越之间的关系非同一般。我虽不曾见过那个画家，可从警察局的蓑浦警察那里听到过不少有关他的详细情况。"

明智小五郎将蓑浦警察跟踪村越均以及在日暮里退书仓库阁楼上和奇怪画家赞岐大吉交谈的情况，简明扼要地说了一遍。

"那画家在本月十二日，即村越死的前一天离家后就没有回来，也不知去向。为此，警察局本来准备发布通缉令。可就在今天早晨，我们在千住大桥的下游发现了他的尸体。死亡现场是距离千住大桥约一公里的水面上。那一带水面上漂满了垃圾，大吉的尸体就浮在那一堆垃圾边上。根据推断，他是离家十二日那天死的。"

"照此看来，一定也是他杀吧？"

"如果村越均的死属于他杀，那么，也可以断定赞岐大吉的死是他杀。"

"您是怎么看这起案件的？"

"我想是他杀吧，警察局好像也是这个观点。"

大河原义明与明智小五郎你一句我一句，谈得十分投机。夫人由美子和秘书武彦庄司则专心致志地坐在一旁听他俩的交谈。

"前天晚上，警察局专案组组长中村警部来访，非常详细地跟我说起了村越均的案情。他说，村越如果不是自杀，就必须解开密室杀人之谜。目前，专案组虽然尚未解开那个谜，但是……"

嗜好侦探推理小说的大河原先生，对于这类话题最感兴趣。

"村越死后第二天，我应蓑浦警察的邀请调查了现场，并且当场帮他解开了密室之谜。按理说，刑事侦查一科的安井科长和专案组组长中村警部应该知道。"明智小五郎说。

"呵，密室之谜解开了？那到底是……"

"有关侦探小说和犯罪史，你都非常清楚。有关密室杀人诡计，我想你也一定非常清楚。只要解开密室杀人之谜，凶手也就会原形毕露。可村越被杀一案并不是那么回事，解开密室杀人之谜后还必须查清凶手为什么要犯罪，为什么要连续杀人。"

由美子和秘书武彦庄司都紧盯着侃侃而谈的明智小五郎。

"门锁内侧上了保险，需要使用万能钥匙才能打开，或者使用镊子之类的工具，在门外侧锁孔里转动。通常像这样的操作，锁孔里及其周围难免留下金属摩擦的痕迹。可案发现场，根本找不到这样的痕迹。"

大河原义明听到这里，一边微笑一边说："要是小说里可能还有其他办法。比如，先松掉门铰链上的螺丝，再把门卸下，最后恢复成原来模样。哈哈哈……那种笨拙的方法，在现实生活里应该不会有吧？"

"这种可能性不大，再说我已经调查核实过了，不是这么回事。"

"那么，剩下的就是窗了吧？"

明智小五郎没有立即回答，冷静地望着大河原义明那张长得比常人稍大又白的脸。大河原义明的脸上堆满了微笑，望着明智小五郎。

此时此刻，武彦庄司的脑海里则浮现出一种奇特的感觉。

"是的，除窗子外再也没有其他秘密出口。正如您所说的那样，关键就在这里。东窗有两个，北窗有一个。窗户玻璃上没有洞穴，也没有玻璃被拆下后重新装上的痕迹。经过仔细勘察，北窗下半扇窗户玻璃的右上角有一个小空隙。"

明智小五郎说到这里，让武彦庄司拿来铅笔和纸，一边画图一边解释。

"由于是旧窗，玻璃边上掉了许多油灰。那下半扇窗户的右上角，油灰掉了许多，出现了一道细小的缝隙。在房间里几乎察觉不了，三角形的小缝隙仅两三毫米。凶手绞尽脑汁，利用这条缝隙实施了罪恶的阴谋。"

大河原义明、由美子和秘书武彦庄司，被明智小五郎的这番话深深吸引住了，三个脑袋凑在一起仔细端详他绘制的简图。

"这种可以上下移动的铁钩，把半月形的金属插销安装在上窗的下框上。半月形金属插销的作用是其柄部插入下窗上框的金属固定孔里，卡住下窗。从上边看，就是这样的形状。我这样画，你们应该明白了吧？这种利用窗隙的犯罪法，只不过是套用门缝犯罪法的雕虫小技而已。把细铜丝的端部在半月形金属插销的柄部绕两道，再把细铜丝的另一端部从下窗右上角的间隙穿出垂在窗外，拉紧铜丝，将金属插销的柄部朝左向上升起，与上窗的下框保持水平，然后垂在窗外拽住插销的细铜丝端部。细铜丝柔软，可以随意弯曲、缠绕和固定。罪犯行凶后，顶起下窗钻到窗外，将下窗恢复原样。接着，罪犯站在窗外松开拽住半月形金属插销的细铜丝端部。当金属插销一旦呈垂直状，插销的柄部也就插入下窗上框的金属固定孔卡住下窗。这时候，缠绕金属插销柄部的细铜丝自动解开，罪犯就可轻松地从下窗右上角的三角缝里抽出细铜丝。瞧，就像这张图上所显示的一样。"

一直没有说话的秘书武彦庄司插话说道："为

什么只能用铜丝？难道钓鱼竿上用的丝线不行吗？"

"这种场合，必须使用细铜丝。像这种窗户上使用的金属插销，虽坚硬但比较锋利。倘若使用钓鱼线，有可能被金属割断。"

就这样，密室之谜被聪明的明智大侦探解开了。

奇妙模特

　　"明白了，警方大概正在从村越朋友那里调查村越被杀一案。"大河原义明说。

　　"是的。"

　　"前天中村警察来我家好像是为了这件事情，可我们都没有作案时间。明智大侦探，你从中村警察那里了解到结果了吗？"

　　"哦，蓑浦警察跟我说得非常详细。"

　　明智小五郎想起蓑浦警察的报告。

　　十二月十三日那天，大河原义明于傍晚五时从公司回家，洗完澡后与由美子一起吃晚饭。从七时开始，他待在书房里看书，中途，由美子端红茶进来后，他也没有离开过书房，直到八点四十分。

由美子端来红茶后回到自己房间里写信，晚上八点四十分是夫妇俩约好一起欣赏坂口十三郎小提琴演奏的时间。因此，一到八点四十分，大河原先生便离开书房来到客厅。

收音机是放在客厅陈列架上面的。

这时候，由美子和秘书武彦一同进入客厅，将照明灯光调到幽暗的程度，开始欣赏优美的小提琴独奏。其间，三人一步都没有离开过客厅。

演奏会结束的时候已经是九点了，大河原义明平时有早睡的习惯，晚上九点正是他要睡觉的时间。而村越均是在收音机播报九时整的时候被人开枪打死的，也就是说，大河原义明家的这三个人，那一刻不可能出现在案发现场。

"这也不是针对哪一个人。为了调查清楚，向所有关系人讯问也是必要的。我想，中村警部大概也是出于那样的动机。"

明智小五郎说了一些祖护警察的话。于是，大河原义明挥挥手说："不用说，我根本没有想过会遭到警方怀疑。不过，姬田和村越生前常来我家玩，现在警方调查我也是理所当然的。因此，我把那天晚上的情况详细地介绍给中村警部……对了，有凶手的线索了吗？"

"凡是村越生前的朋友、同事和熟人，无一例外地接受了调查。可今天听蓑浦警察说，还没有发现有价值的线索。目前，警方还不明白凶手连续杀人的动机。"

"这也倒是。如果三人被害都出于同一犯罪嫌疑人，那就必须查找犯罪嫌疑人究竟有何目的。如果找到原因所在，那犯罪嫌疑人迟早露出马脚。"

"是的。就现在来说，姬田与村越两起凶杀案的共同点有一个——白色鹅毛。另外，大吉这位画家与村越之间仅仅存在一种秘密联系而已。其实，我想听听您的高见。姬田与村越常来您家，无疑受到了您的器重，所以我想，他俩的性格您应该是清楚的。自他俩被害后，您肯定想过一些事情。今天登门拜访，希望您的高见能给我的侦查带来有价值的参考。"

明智小五郎依然笑嘻嘻地望着大河原先生。

大河原义明闭上眼睛沉思了一会儿，说："这两个人，就性格来说是截然不同的。姬田爱说话，活泼，性格有点像女人；村越沉默寡言，做事认真仔细，喜爱思考，像学者，因此在公司里，他被称为学者型职员。可他俩有共同点，都称得上优秀青年，工作业绩数一数二，对待工作认真负责，从没有说过半句牢骚话。在经常来我家玩的年轻人中间，这两个人可以说是佼佼者。失去这两个年轻朋友，我深感惋惜和痛心。像他俩这样出类拔萃的青年竟遭人暗算，这谜我实在无法解开。听中村警部说，白色鹅毛是秘密结社的象征。可我想象不出，这俩人与秘密结社有何关联。如果是死于谋财害命或者抢劫，似乎也不太可能。他们真正的人生才刚刚开始，还没有积累什么财产，就是杀了他俩，从财产上根本得不到什么大的利益。剩下的，我想也许是与什么人结下冤仇而被害吧？警方好像也是这样考虑的。我听说啦，警方专门派人跟踪村越……

那个跟踪村越的警察，就是我刚才提到的蓑浦警察。他连续几天跟踪，直至村越被害之前。不用说，村越是姬田被杀一案的犯罪嫌疑人。可是，没想到连村越也被杀害。为此，警方否定了原先认为他俩相互结怨导致村越杀害姬田的观点。"

"有一个人同时与姬田和村越结下了冤仇。就是这个人杀害了他俩。"

说这话的时候，只见明智小五郎的脸上出现了奇特的表情。武彦庄司看在眼里，也不知为什么，心脏剧烈地跳了起来。

"刚才那个画家怎么样？他不是村越的秘密朋友吗？"

"你是说大吉吧？他是一个很奇怪的画家，据说他住在千住的垃圾堆场。那天他夜里走路时，可能脑袋昏昏沉沉的，不小心掉入河里溺水而亡。千住大桥的上游以及下游的隅田河，两侧都是光溜溜的混凝土浇筑的堤坝，根本找不到抓手。混凝土堤坝的护栏高出地面六十厘米，掉到河的可能性不大。倘若掉到河里，不会游泳的人只能眼睁睁地被河水吞没。蓑浦警察的调查表明，大吉是不会游泳的'旱鸭子'。这一点，杀害他的凶手是了如指掌的。"

大河原义明扑哧哧笑了。

"推人下河，这种杀人方法太低级了。拿大吉的出事地点与村越被害的密室相比，我总觉得这两起凶杀案不像是同一个凶手所为。

"那画家不是被推下水的，一定是感到内疚而跳河自杀的。迄今为止，确实没有找到他杀的确凿证据。可与村越有关联的大吉几乎是同一时间死亡的，应该被认定为他杀。此外，这家伙还有许多不可思议的地方。

"呵呵呵……那是些什么？"

大河原义明颇感兴趣，眼眸里闪射出异样的神色。

"警察局的蓑浦警察曾带我去画家住的房间搜查，只见那里面摆满了石膏像和旧钟之类的东西。我从中发现了奇怪的东西，就是那残缺不齐的衣架模特。表面已经多处破损，旁边散落着模特的胳膊和脚什么的，可就是没有模特的胸部和腹部。模特的腿、手臂等处沾满污垢，其脚上断开处的周围排列着小圆孔。与此同样的小圆孔，在腿上和手上也有。像这样的小圆孔，是采用锥子那样的工具扎的。我当时认为，那是用于穿细绳和铁丝的，其目的是将模特的手、腿和躯干连接起来。"

明智小五郎说得很详细，但啰啰唆唆，听上去似乎不着边际。

大侦探明智小五郎为什么说这些毫无意义的话呢？武彦庄司百思不得其解。

"模特的身上不应该有圆孔，这无疑是为某种需要预先扎的孔。大吉在购买这个模特之前，是否已经有圆孔？或者是买回家后自己扎的圆孔？可无论怎么喜爱衣架模特，买那种有圆孔的衣架模特在家里，总让人感到其举止不同寻常。我琢磨，那些圆孔肯定是大吉回家后用锥子弄的。"

说到这里，明智小五郎停住了，逐个望着三个人的脸。

大河原义明和由美子聚精会神地听着，一时还没有转过神来。由美子从一开始就没有插过一句话，听得仔细而且非常兴奋。武彦庄司望了一眼大河原义明和由美子，又望了一眼明智小五郎。三人脸上各自不同的表情，再一次让他感到困惑。

"有关大吉这个人，经常出入于垃圾堆场，收购那些黑市里的东西。像那种地方，进进出出的必然是些行为不正的商人。无疑，这画家购买了德国造的勃朗宁手枪，另外还买了化装用的风衣和皮包之类的东西……蓑浦警察经过种种考虑，又立即到千住的垃圾市场观察情况。现在，出售枪支的商人已被警方抓获，至于这家伙还有其他什么罪行，待审讯阶段结束后就可以弄清楚了。我也正期待着警方的审讯结出硕果，让谜底尽快显现。"

明智小五郎的一席话，着实让武彦庄司吃了一惊。武彦庄司抬起脸，望了一眼明智小五郎。

"村越于被害前的第二天，中途离开公司到过日暮里的赞岐大吉住所。当时，蓑浦警察的部下进行了秘密跟踪。那天，村越在大吉家只逗留十来分钟就返回公司大楼。当时，大吉一定是把那支德国造勃朗宁手枪交给了村越。村越为什么委托大吉购头手枪？是出于自身需要吗？不！因为有人需要用那支枪杀他。也就是说，那支枪并不是村越因为喜欢而托大吉购买的，而是村越受人之托。当然，购买这种非法的武器，只有到垃圾市场才能如愿。去那种地方进行武器交易，也只有通过大吉实施。而真正需要购买枪支的，你们猜是谁？正是凶手！凶手使用事先授意被害人准备好的手枪，杀死了被害人。由此可见，凶手的作案手段既狡猾又残忍。"

说到这里，明智小五郎脸上的笑容已经消失殆尽，神情严肃，锐利的目光里充满了愤怒。

秘密日记

接着，明智小五郎又说了一些无关紧要的话，随后站起身来告辞，离开了大河原住宅。

大河原义明和由美子送走客人后，一声不吭地回各自卧室休息去了。武彦庄司独自一人默默思索起来，明智小五郎今晚登门拜访的目的究竟是什么？

虽解开了密室之谜，画家赞岐大吉的死也有了说法，可我们三人只不过是听众而已，既没怎么说话，也没有向明智小五郎提供任何有参考价值的线索。而明智小五郎似乎也根本不在乎这些，只是一个劲地谈自己的见闻和见解。可他今晚是特地登门拜访，不会只是闲聊而已，肯定有什么特别含意，或者说他离开时已经得到了答案。

明智小五郎走后，大河原义明夫妇俩谁也没有开口说话，脸上都挂满了失落的神情，让人觉得可疑，更让人觉得他们心怀鬼胎。

明智小五郎与大河原义明之间的交谈，武彦庄司一直在场，虽然他什么也没有说，可脑海里产生了一种特别的感觉。他的心底仿佛出现了一片乌云，接着一点点在空中蔓延。他的眼前浮现出自己随大河原义明一起察看观场的情景，那是姬田吾郎被推下断崖的第二天。在那棵松树下的悬崖上，自己匍匐到悬崖边俯视海面的时候，大河原义明说："在这样的地方杀人，根本不用事先策划。这地方的地理位置非常特殊，只要引诱被害人趴在悬崖边上俯瞰大海，然后稍稍提一下他的脚就可轻松将被害人推到大海里。在这种地方杀人，从地理条件来看简直太容易了！"他像开玩笑那样，似乎有把自己的脚向上提的打算。当时，自己一阵紧张，连忙后退，赶紧站起身来……

虽说当时发生的这种情况，与明智小五郎登门询问情况没有什么直接联系，但现在回想起来，多少有点关联。尤其是那天令人恐惧的一幕又清晰地浮现在武彦的眼前，这让他心里感到忐忑不安。

大河原义明究竟在思索什么？武彦庄司是不可能知道的。他现在似乎已经嗅出大河原义明的浑身上下正散发出一种恐怖的气味。

明智小五郎来访后的第二天，大河原义明因公司有事很晚才回家。武彦庄司独自一人待在自己的房间里，内心十分压抑和不安，也说不清楚究竟是什么原因，只是闷得慌。

他想找人说说话，便径直朝夫人由美子的房间走去。夫人由美子曾对他说过："我像你的长辈那样，既是你的母亲又是你的大姐。今后，无论什么事，你都可以找我商量，我会尽最大努力帮助你的。"

想到这些，武彦庄司轻轻敲了一下夫人房间的门走了进去。

由美子正背对着门坐在写字桌前奋笔疾书。听到武彦庄司的脚步声，急忙合上正在书写的日记簿。

这本日记簿的形状十分奇怪，武彦庄司自担任大河原义明的私人秘书以来，还从未见过。

"夫人，我一个人待在房间里坐立不安，心神不定。明智大侦探说了一些摸不着头脑的话，更使我感到十分困惑和烦躁不安。"

武彦庄司一吐为快，说完，望着夫人由美子那双善良而慈祥的眼睛。

"你太操心了，武彦，别去想那些捕风捉影的事情！你就把我当作你的母亲吧，来！坐在我身边说上一会儿，心中的烦恼和忧愁就会忘到九霄云外的。"

由美子安慰着武彦庄司，劝他别过于忧虑。

过了一会儿，武彦庄司离开由美子夫人回自己房间去了。不知怎么的，他浑身又开始紧张起来，心扑通扑通地跳得很厉害。

听由美子说话的语气，她好像已经知道了什么秘密。不用说，那肯定是不能对任何人说的秘密。究竟是什么秘密？

想到这里，武彦庄司再也按捺不住了，仿佛背后有双眼睛在盯着自己。刚才，由美子急急忙忙藏在抽屉里的是什么？那种形状的日记簿，我自担任秘书以来还没有见过。封面是铝制的，还装有一把暗锁。刚才，夫人用袖子将它遮住，眨眼间，又匆忙地扔在写字桌最下面的抽屉里，然后把抽屉锁上了。当时，夫人的这一系列举动十分反常。那本日记簿，肯定是一件神秘的东西。自己敲门进去的时候，夫人正埋头写着什么。

桌上除那本日记簿和钢笔以外，什么也没有。那肯定是社会上非常流行的日记簿，叫"保险记事簿"。看来，那里面有不可告人的秘密。想到这里，武彦庄司萌发了探究夫人日记秘密的好奇心。

明智小五郎来访后的第三天，即十九日的中午过后，武彦庄司打听到由美子已经外出，便携带螺丝刀潜入夫人房间。

夫人写字桌的抽屉都上了锁，可都是一般的

锁。只要将螺丝刀插入抽屉沿口稍稍向上提，便可拉开抽屉。武彦庄司取出保险记事簿揣在怀里，蹑手蹑脚地跑回自己的房间。

一路上，他浑身上下不停地颤抖。

保险记事簿上的锁，类似于抽屉锁，也只要插入螺丝刀即可打开。保险记事簿被打开了，可沿口有损伤的痕迹。看完后扔掉不就得了？如果夫人问起，只要矢口否认不就行了？武彦庄司暗自忖度。

翻开保险记事簿，由美子的日记可以说是记录得随心所欲，日期也不按顺序，内容零零碎碎。整个保险记事簿里也没有写多少字，武彦庄司只用一个多小时就通读了一遍。

在阅读这本保险记事簿的过程中，武彦庄司的心里七上八下的，浑身哆嗦个不停。他不希望主人家里出现凶手或者主人与姬田吾郎等三人被害有丝毫瓜葛。

可保险记事簿上写得一清二楚，连预谋行凶和实施行凶的细节也无一遗漏。活生生的杀人事实，通过文字展现在武彦的眼前。姬田吾郎、村越均和赞岐大吉三人的名字，被记在保险记事簿上。虽都是由美子的推理，但读来可信。

由美子也是一个不可思议的人物，转眼间摇身一变，似乎比著名大侦探明智小五郎还要技高一筹。其推理的精确度简直无懈可击，不得不让武彦庄司感到震惊。

由美子凌乱的日记如下：

五月六日

今天，丈夫因公司举行酒会，回家时间在晚上八时过后。下午一时稍过，我独自一人出门，坐出租车去矢野目美容院。在那家美容院最里边的一个房间里，我要求美容师把自己化装成平民打扮的朴素女人。

矢野目店主是我就读女子学校时期的老师，她十分器重我。我不管说什么，她都相信。很早以前，她就非常喜欢做些稀奇古怪、与众不同的事情。说好下午三时前化装完毕，实际上只有一个小时的化装时间。

她认真仔细，于下午三时前完成了化装。经过她的一番努力，我的脸和发型有了很大变化。加上朴素的穿着，和原来的我判若两人。

化装结束后，我向她借了一双低跟的木屐，悄悄从后门出去离开了美容院。

在谷中初音町的清水饭店，我与J会面。

五月十日，五月二十三日，六月二日，六月八日，六月十七日，七月五日，七月十三日，七月十七日，七月二十四日，七月三十一日，八月七日，八月十四日，八月二十一日，九月五日，九月十三日，十月十日。

上述这些日子的记事栏里，分别只写了"会面"两个字。

十一月十四日

昨天发生的事情实在是令我捉摸不透，J居然从鱼见崎断崖上坠海身亡。当J坠入大海的时候，丈夫和我正站在别墅走廊上用高倍望远镜朝那里眺望……（这一段描写得十分详细）果然是白色鹅毛暗示他去死神那里报到。

昨天中午之前，J到过我的房间，说他在这里收到了匿名的鹅毛信，加上前一段时间收到的鹅毛信，这已经是第二封了。说完，他从信封里取出那根白色的鹅毛给我看。据说J尸体被打捞上来后，警方从他的口袋里搜出那根白色的鹅毛。

那天傍晚，丈夫带着武彦到鱼见崎断崖的出事现场查看。我站在二楼走廊上用望远镜望他俩，见丈夫也在用望远镜朝我这里眺望，我挥了一下手帕回应。丈夫返回别墅后告诉我查看现场的结果，说肯定是他杀。

十一月八日

警察局的蓑浦警察上门了解情况，与丈夫交谈。听他说J在热海的坠海身亡案已经由热海警察局移到东京警察局。听蓑浦警察的语气，该案的侦破工作似乎没有多大的进展。

十一月十日

据说警察局的蓑浦警察讯问村越，十一月三日那天，他是否有作案时间。幸亏村越那天在歌舞伎大戏院遇上我的奶妈，他俩还交谈了一阵子，说明他没有作案时间。他俩见面的时候，正是傍晚五时前后，可见村越完全没有作案时间。

十一月三日和十一月十七日，分别写有"会面"两字。

十一月二十日

我隐隐约约觉得，村越心里好像有什么秘密。为了解他心中的秘密究竟是什么，我琢磨了半天仍然想不出来。这两天我意识到，其心中的秘密仿佛就在我的周围。想到这里，我的心里涌现出无法言喻的恐惧。

十一月二十八日

武彦暗中调查我和丈夫的外出情况。这是看门少年悄悄向我报告的。原来武彦查阅了看门少年每天登记的台账，上面写有丈夫出门的时间、去向和回家的时间。

武彦为何要调查这些情况呢？仍然是看门少年向我透露了秘密。

原来，武彦向看门少年打听我自五月初到十月初这一段时间外出的日期和时间，而且问得非常详细。武彦查阅看门少年登记的台账，肯定是为了了解丈夫外出的日期和时间。

武彦与丈夫一样，喜欢侦探推理小说，也许是无意识地随便了解了解。可我总觉得他是受人之托。委托人也许是前些日子来访的蓑浦警察，或许是其他什么人。等哪一天有空时，我找他谈一次。

十二月二日

突然接到村越搬到涩谷的神南庄公寓的通

知，他为何要在这种时候搬家呢？不可思议。

十二月三日

由于放心不下村越的贸然搬家行动，得到丈夫的同意后，我去神南庄看望村越。我问他为何搬家？他说是讨厌原来住的那个地方。可眼下他住的房间也不怎么样，阴森森的，给我的感觉非常压抑。

村越的心里似乎依然隐藏着什么秘密，像患了忧郁症似的，几天没见，完全变成了另一个人。他的眼神好像在暗示我，他将遭到不测。

晚上丈夫出差去大阪，我没有让武彦陪同前往，打算与武彦长谈一次，他立即表示同意了。

十二月四日

丈夫坐飞机到大阪去了。我让武彦到我房间，他向我坦白了一切。出乎我意料的是，他是受明智小五郎之托。我板着脸批评了武彦，我的目的是让他真正醒悟到，在背后调查别人是不道德的行为。

武彦感到歉疚，赶紧把明智小五郎交给他的那张表格给我看。我一看全明白了，那张表格里记载着五月六日到十月十日那段时间的日期。其实，那都是我在一些地方与他人会面的日子。

这份表格，明智大侦探究竟是从哪里弄到手的？肯定是从J的日记上摘抄下来的。明智大侦探交给武彦的任务，是让他把这些时间与我联系起来进一步核实丈夫外出的日期。我背着丈夫外出与他人会面，当然不能让丈夫知道。

明智大侦探指示武彦，调查丈夫外出的具体日期、时间和去向。如果我和丈夫的外出日期凑不到一块，我外出的日期自然而然地遭人怀疑。

不愧为著名大侦探！不过，我几乎是每天外出，即便是我们夫妇俩的外出日期对不上号，也只能说是巧合。不过，武彦这年轻人吃里爬外，需要进一步调教。

十二月十四日

村越死了，好像是昨晚九时在家自杀的。这个时间，我和丈夫、武彦都在客厅里欣赏收音机里播放的小提琴独奏音乐会。据说枪响的时候，正是收音机里播报晚上九时整的最后一声。

晚上，警察局专案组组长中村警部来访，介绍了村越死亡的情况。我想可能是自杀，但中村警部说，村越胸前放着一根白色鹅毛，与J口袋里的白色鹅毛相同，而且没有留下遗书。

中村警部首先问丈夫是否知道村越死亡的消息，再仔细询问我们与村越之间的关系，还了解了我们是否有作案时间。好在村越被害的时候，有武彦证实他和我们都在客厅欣赏音乐，没有作案时间。

中村警部听完丈夫的回答，说了一声"对不起"就离开了我家。警方的怀疑，毫无事实根据。

精彩圈套

十二月十六日

晚上，明智大侦探来访，果然是一表人才。与他交谈的主要是我的丈夫，我和武彦是旁听。明智大侦探说，村越的朋友——画家大吉在村越被杀的前一天晚上，在千住大桥附近的隅田河溺水身亡。

明智大侦探又说了两件事。

第一，解开了密室之谜，并画了一张草图讲解给我们听。

第二，介绍了画家大吉居住的房间，尤其

详细地谈起了那个衣架模特。这个衣架模特的颈部、胸部和手臂，以及腿的上端与胸的下端有一些小圆孔。这些小圆孔，好像是用来穿细绳和铁丝起连接作用的。

明智大侦探就说了这些，似乎根本不打算听我们说什么。他来我家究竟是什么用意？解开密室之谜的明智大侦探，肯定还想知道一些什么。

明智大侦探说话的神情和语气，让人不寒而栗。说话间，他的脸上时不时地出现丝丝笑容，还时不时地呵呵笑出声音。每当明智大侦探笑的时候，我丈夫也跟着笑。我丈夫的笑意是什么？也许丈夫与明智大侦探一样彼此心照不宣？

十二月十七日

昨晚明智大侦探离开后，我与丈夫之间的交谈突然有点不太对劲。我说的那些话好像是刺激了他，得罪了他，或者说是其他什么缘故。

我反复猜测，找不出满意的答案。自嫁给他后，还是第一次看到他脸上有不安、害怕和紧张的表情。

　　几年来，我对丈夫的每一次预感都很准确。

　　丈夫如此不安和害怕，是有其原因的。这一点，我早就察觉到了，可一直没有勇气说出来。如今看来，已无力帮助丈夫挽回这种局面，只得顺其自然，听天由命吧！

　　我把这不想被人知道的秘密，事实上也形不成什么秘密的东西写在记事簿上。人世间，隐藏秘密是最痛苦的，隐藏得越深，心里越感到痛苦，久而久之积忧成疾。经过慎重考虑，我觉得还是一吐为快，把它如实地写出来。好在保险记事簿上有锁，可以关闭。

　　这么做绝不会被人看见！等到这本保险记事簿写满的这一天，让它在一缕青烟中化为灰烬。应该说，这是最安全的方法。为保全丈夫迄今为止的隐私，我一共写满了七册。过去的那些保险记事簿，已经被我化为灰烬变成一缕缕青烟随风而去。燃烧这第八册记事簿的那一天，不久也将来临。

丈夫清晨出门。我将昨晚辗转反侧、思考了整整一个通宵的问题写在了记事簿上。

那块掉落的白色手帕一直在我的脑海里盘旋，这究竟意味着什么？

记得我们夫妇俩在热海别墅二楼走廊上观看鱼见崎悬崖时，那块白手帕忽然从丈夫的手上飘落。

当我对丈夫说鱼见崎悬崖上的那棵松树下有人，他也正准备对着望远镜眺望那里。

用望远镜眺望远方之前，丈夫有一个习惯，总要使用手帕擦拭一下镜片。可唯独那一次擦拭完镜片后，手中的那块白色手帕却从他手上滑落，朝外飘去。就在这一瞬间，姬田从悬崖坠落到大海。

那块白手帕也许是丈夫一时紧张或粗心而扔向空中的吧？不，是故意扔向空中的，肯定是向站在远处的某个人发信号，向姬田发信号。

不！是向隐藏在鱼见崎悬崖用望远镜望着我们的那个人发信号。难道姬田一点也没有察觉有人要杀害他?！不，当时那个坠入海里的人，不是真正的姬田。

我们用望远镜看到的，只不过是坠落时的情景。一直到尸体被警方打捞上来的时候，我连做梦也没有想到竟然是姬田。用望远镜眺望那么远的悬崖，不用说脸，就连身穿什么样的西装也看不清楚。

昨天晚上，明智大侦探说那个望远镜里看到的不是真姬田。据说，明智大侦探的特点是把调查结果说给有嫌疑的对象听，造成紧张气氛，再察言观色，等待嫌疑人惊慌失措，自动暴露破绽。他既然能不费吹灰之力地解开密室之谜，当然也肯定掌握了石膏模特之谜。

画家大吉房间里的那个衣架模特，为什么没有腰部和腹部？鱼见崎茶馆里的少女，看到那个身穿褐色风衣的男子手提大皮箱。无疑，那个大皮箱里放有那个模特。

无论大皮箱有多么大的容积量，想把整个模特放入箱内是根本不可能的。因此，只能将头部、胸部、手和腿等分开放入。我是从明智大侦探的话里得到启发后才有了这番直觉。

　　模特的胸部下侧和大腿上有小圆孔。明智大侦探说这话时，像是话里有话。用铁丝连接圆孔固定胸和腿，以代替中间的腹腰部位。再给模特穿上与姬田平时相似的西装，颈部拴一根铁丝，其长度可以从悬崖一直延伸到大海。

　　鱼见崎茶馆少女说的身穿褐色风衣头戴呢帽的男子，把装有模特的大皮箱拎到悬崖上，然后隐藏在从我们别墅那里看不见的茂密的树林里，制作酷似姬田的模特。

　　然后，他把它挂在那棵松树下，自己则躲在某个地方操纵模特。我从望远镜里看到的人，不是真姬田，而是假姬田。

　　当时，丈夫也使用望远镜眺望，并故意飘落手中的白手帕，应该说是下达命令的信号。无疑，躲在树丛里操纵模特的家伙也在用望远镜眺望我们，等待丈夫的命令信号。就在丈夫发出信号的一刹那，模特与白手帕几乎同时坠落。

为什么一定要用信号呢？不用说，如果我俩没有看见模特坠落的整个过程，丈夫也就伪造不成任何假象。

真让人感到万分恐惧！为什么让我目睹模特坠入大海的过程呢？事实上，是丈夫让我证明他不在案发现场。当丈夫与我用望远镜眺望悬崖的时候，身旁还站着武彦。他也看到黄豆般大小模样的人坠入大海。

有三个人的证词，而且提供证词的三个人都是第一时间第一现场的目击者。并且，真正的凶手也是第一时间第一现场的目击者。像这样绞尽脑汁制造假象的案例，也许还找不到第二例。在海上找到的则是真正的姬田，却已经永远闭上了眼睛。不用说，他是在模特坠海前被推入大海致死的。那躲藏在树丛里的家伙，趁我们离开二楼走廊阳台返回房间报警之际，把坠入大海里的模特钓起来，拆卸铁丝后装在大皮箱里溜之大吉。

当时，悬崖附近的那家茶馆已经打烊。那家伙离开悬崖的时候，正是傍晚五点二十分左右。

那么，依田青年看到的那个人是谁呢？无疑是与活着的姬田一起肩并肩走路的那个人，由于依田青年没有戴手表，不知道当时的准确时间。

再说，他没有特别在意。留给他印象最深的，只是身着褐色风衣的男子，手上并没有提大皮箱。可见，那只大皮箱也许被藏在了什么地方。那男子穿着长风衣，呢帽帽檐遮住了眉毛，鼻梁上架着一副宽边眼镜，嘴上有一排黑胡子。其实，青年当时看到的这个男子，正是杀害姬田的真正凶手大河原义明。

唯独那天，丈夫自己驾车（连司机也不带）说去高尔夫球场。无疑，回家途中把小轿车藏在树林的某个地方，等候事先约定在这里会面的姬田。不用说，丈夫的车上备有呢帽、风衣、眼镜和胡子等化装道具。

姬田一向敬仰我的丈夫。按照吩咐跟着我的丈夫登上鱼见崎悬崖，来到那棵松树下。接着，俩人站在那里有说有笑，海阔天空。我丈夫一边陪姬田聊天，一边等待时机，趁姬田没有留神的时候，把姬田推入大海。作案后，丈夫立刻换下呢帽和风衣，摘下眼镜和假胡子，迅速驾车返回别墅。

丈夫回到别墅后，从别墅二楼到用望远镜眺望鱼见崎悬崖，足足用了四十分钟左右。因而，真正的杀人时间应该比傍晚五时十分还要早许多，是四时半前后。

丈夫一直嗜好侦探推理小说。他这次使用的杀人手法，可以说，比侦探推理小说里出现的手段还要高明。

昨晚我一夜没睡好，脑袋在不停地思考。当推理出丈夫就是真正的凶手时，不由得惊出一身冷汗。平时，我也受丈夫的影响，阅读了许多侦探推理小说。

也许正是平日里阅读的积累，帮助我识破了丈夫的诡计。我没想到，喜爱侦探推理小说的丈夫竟会诡计多端，杀人不眨眼！

　　那么动机呢？丈夫是一个什么都想试一试的人，也许被侦探推理小说着了魔中了邪，终于跃跃欲试，以身试法。他想检验一下自己一手策划的诡计究竟如何？不过，他也有可能发现我经常与姬田、村越外出散步而吃醋报复。

　　我嗜好冒险，喜欢交际。可我是大河原先生的妻子。被外人知道这种情况，有损于他家的门风，我也会被逐出家门。丈夫经过再三考虑，想出"两全齐美"的解决方案，那就是斩草除根。这样做既保住了大河原家族的声誉，又保住我不被逐出家门。

　　就在他俩丝毫没有察觉之际，丈夫神不知鬼不觉地把他俩送进了阴曹地府。这世上，最了解我心底秘密的是姬田和村越。

　　我与他俩友好相处，却没有挽回他俩的生命。事实上，我做了一件十分愚蠢的事情。丈夫如此精心策划的杀人案，过程如此天衣无缝，我真是做梦也没想到。写到这里，恐怖笼罩着我的全身。

丈夫在姬田与村越之间制造事端，让他俩从相互争斗发展到仇恨，终于先借村越之手帮助他杀害了姬田。在丈夫面前，村越一向唯命是从。丈夫的身份，直接关系到他将来的前途命运。毫无疑问，去鱼见崎悬崖上操纵衣架模特坠落海里的那人一定是村越。

杀人结束后，村越把化装道具和衣架模特全部放入大皮箱。不用说，现场不会留下任何东西。返回东京后，村越把大皮箱给了大吉。

编造村越去戏院看歌舞伎的假象，一定是丈夫的又一绝招。他事先肯定知道奶妈去哪个戏院看歌舞伎，让村越的替身——画家大吉在那家戏院的走廊上等我奶妈。

大吉利用我奶妈视力老化这一弱点，在拥挤的走廊里主动与她打招呼，说上几句话，以此蒙骗奶妈，让我奶妈为他作证。

大吉把村越留在他家的化装道具，例如风衣、呢帽、眼镜、胡子等，拿到千住垃圾市场出售给别人。可能衣架模特身上的洞眼太多，成不了商品变不成钱，因而放在家里当摆设用。

正是这谁都没有在意的寻常模特，给明智大侦探带来一丝侦破此案的希望。

从昨晚到今天早晨，我躺在床上望着天花板，脑袋不停地想，整整一个通宵没有合过眼睛。出乎意料的是，我的推理却如此顺利，而且越推越清楚，越推越兴奋。

姬田和村越被杀之谜，相继被我一一解开。写到这里，我望了一下手表，时间已经是中午时分。

制造假象

休息了一会，我又开始书写。

杀害村越的凶手是谁？村越被害发生在姬田被害之后，由此可见，凶手是同一个人，也就是大河原义明。他曾借村越之手帮助自己杀害姬田，给村越带来犯罪嫌疑人的烦恼。警方开始每天跟踪他，无论村越怎样想办法，就是甩不掉"尾巴"。跟踪他的那个蓑浦警察，紧紧盯着他。当然，这对大河原义明不利。

为保住秘密，只有杀人灭口。于是他把寄给姬田的白鹅毛插在村越的胸前，以编造村越同样与秘密结社有关的假象。杀害村越的那一天，丈夫也为自己设计了没有作案的骗局。

十二月十三日晚上九点，丈夫和我以及武彦正巧听完小提琴独奏音乐会。收音机里传出最后一声播报时间的钟声时，我们三人都在一起。村越家在神南庄公寓，靠近涩谷车站。而我们家在青山高树町，距离那里有相当一段路程。

凶手同时出现在神南庄和高树町，显然是不可能的。因此，一般人绝不会想到是我丈夫所为。嗜好侦探推理小说的他，确实采纳了小说里描写的行凶诡计，将它在生活中活学活用。

我突然想到一样东西，那是以前买的一台微型录音机，性能特别好，是美国制造的。刚买来时，他非常喜欢，恨不能从早到晚挂在耳边听。不过，没隔多久，那玩意儿就躺在他书房里的大书架上无所事事了。

我悄悄起床走到书房里寻找，那台微型录音机还在原来的地方。我走近查看摆放录音机的书架，果然不出我所料。

周围虽然积满了灰尘，可录音机下边没有灰尘，而周围没有灰尘的地方与录音机位置不一致，不知是谁把它向左边移动了十厘米左右。取放磁带的盖子表面和开关键盘上，没有一丝灰尘。

为弄清真相，我返回房间仔细回想那天傍晚的情况。那天，他是五点左右回到家的，洗完澡后用餐。七点不到的时候，去书房看书。七点半左右，我端了一杯红茶给他。八点四十分始，我们三人在客厅听广播小提琴独奏音乐会。

用人们一般不到我居住的楼房。恰恰那天晚上，家里的用人有一多半都外出了。由于有一些重要的东西寄给亲戚，我便吩咐奶妈和看门少年坐小车去邮局。因此，司机也不在家。

他们回来的时候已过了晚上九点半，小侍者因其母亲生病回家看望并住在了老家。当天晚上留在家里的，是武彦、另一个小侍者、两个帮工、厨师以及打扫庭院的老头。当时在房里看书的有武彦，他与我们住在一幢楼里。

从七点半到八点四十分这段时间里，丈夫是否真的在书房里看书，谁也不知道。当然，那种时候从大门外出是很困难的。首先，武彦会察觉；其次，打扫庭院的老头代替外出的看门少年在看大门。

也许丈夫事先把外出用的鞋放在书房里，穿上它翻窗爬到院子里。院子里都是草坪，不会留有脚印。然后，他打开边门外出。当然，外出需要化装。丈夫手持录音机来到街道，坐上出租车，到达村越居住的涩谷附近的神南庄。在此之前，丈夫已经吩咐村越叫画家大吉去黑市买一支手枪。

村越万万没有想到，这枪是用来结束他自己生命的。丈夫手段之毒辣，常人难以想象，直到今天我才明白。

进入村越的房间，他多半没有从大门走，而是爬院墙，从村越房间的窗户爬进去的。我曾经去过那里，知道一些情况。村越房间与隔壁房间仅一墙之隔，但墙体很厚。并且，两个房间的门相距甚远，那堵厚实的墙体一直向北延伸，中间夹着一个壁橱。从村越房间的北窗望去，能看到的都是墙体。因此，从北窗钻入村越的房间，根本不用担心被人发现，非常安全保险。

十二月初，村越搬到神南庄居住。像他居住的那种房间，最适合犯罪。这也许是巧合，或许是凶手事先策划好的。

丈夫敲窗喊村越，村越见是我丈夫，立即开窗让丈夫进入。村越喜欢音乐，当然喜欢坂口十三郎的小提琴演奏会。不用说，他也在等候收音机里播出的节目。丈夫把录音机放在桌上插入电源，一起等音乐会开始。

丈夫对他说，我打算用录音机录下今晚播出的小提琴演奏曲，所以特地来你这儿。再说，你是一个音乐迷，想请你录完后讲解。也许丈夫说了这番理由后，从村越手里接过了那支枪。

然后，两个人一起欣赏音乐。当音乐会结

束，收音机里传来九点整最后一下钟声时，丈夫对准村越的胸口，开枪了。村越连喊叫都没来得及，生命就此结束了。

村越一死，丈夫立即用手帕擦掉自己留在手枪上的指纹，将村越的手指在手枪上胡乱按了几下，再把手枪扔在尸体旁边。他抱起录音机钻出窗外，再关上窗户，松开固定金属插销的细铜丝，使插销卡住下窗制造密室假象，然后翻过院墙匆匆返回自己的家。

不用说，丈夫是戴着手套去的。与村越在一起听音乐时，手套可能没有摘下。因为戴有手套，枪上不会留下他的任何指纹。而留在枪上的，只有死者村越自己的指纹。这种由凶手设置的密室，却被火眼金睛的明智大侦探一眼识破。

丈夫从村越那儿返回自己家，必须赶在八点四十分前，也就是说，必须在音乐会没有开始之前出现在客厅里。当他赶到家的时候，按理说应该是九点二十五分左右。可家里的挂钟，偏偏是还差二分钟八点四十分。

凶手持枪射击的最佳时机，是收音机打开的时候，其声音能完全盖住子弹射出枪膛的声音。

说来也巧，原先用人房间里也有一台收音机，几天前坏了，送到外面去修还没有取回来。客厅里，已经一个多星期没有收音机的影子了。

丈夫从边门返回院子，从面朝院子的窗口钻入书房，随即来到客厅，把录音机放在收音机背后。我们去客厅前，他已经打开录音机的放音键。紧接着，收音机也被他打开，不过，收音机里只亮着灯，没有声音。

其实代替收音机播放的，是录音机的声音。而录音机放送的，则是从村越家收音机里录制的小提琴独奏音乐会。

像以往那样，我们每次听音乐都是将灯光调到昏暗的程度。这样做，能增加收听的效果和感觉。半靠半躺地坐在沙发上听音乐的我和武彦，根本不会想到录音机取代了收音机。九时整一到，丈夫怕露出马脚，便提出想回卧室睡觉，便关闭了收音机和录音机。

平时，我们都是这样收听收音机广播的，觉得一切正常。就在我们各自返回房间后，丈夫再次来到客厅把录音机放回原来搁的位置。可他却忽视了一点，没有注意架上的灰尘。因为，他没有开灯，而是悄悄潜入书房的。

如果当时他注意到这一点，把录音机放回原来的灰框里，那就天衣无缝了。那么，我今天的推理也就无法进行下去……可偏偏……

丈夫精心策划的诡计，暂且获得了成功。可我家里大大小小的钟有不少，万一有人发现客厅的钟比其他钟慢许多，阴谋就会败露。这一点，他并没有忽视，他事先把家里所有的钟全部拨慢了四十五分钟。要做到这四十五分钟不让任何人发现，是非常困难的，可他却顺利地过关了。

对时间最敏感的，当然是看门少年。而这一段时间里，少年和奶妈以及司机一起外出了。再说，用人们经常使用的那台收音机送去店里修了还没有取回。因此，那天晚上，没有人察觉时间倒退了四十五分钟。

还有武彦的手表，也是在那几天里发生了故障。据说送表店去修理时，被告知要两天后才能取。我想，那表很有可能是丈夫趁武彦洗澡放在桌上时故意弄坏的。

经过这样的推理，姬田和村越被杀之谜也就不难解开了。剩下的是村越的朋友，画家大吉被害之谜尚未解开。根据我的直觉，丈夫杀害大吉似乎事先没有周密策划，可能时间上不允许。

他是通过村越的介绍才弄清大吉的详细住址的，于是，去他那儿邀请他出门。在千住大桥一带行走趁周围没有行人的时候，将大吉推入隅田河里使之溺水身亡。

丈夫大河原义明现已成了十恶不赦的罪人，而我没有勇气控告他。这本保险记事簿有锁，除了我没有第二个人能看到。可这里面的记事太危险了，我想尽可能早一点让它成为灰烬。

夜幕行动

　　武彦庄司看完由美子的日记后，不知怎么办才好。

　　主人大河原义明和由美子于傍晚就会回家，一旦与他们面对面，我不可能装出若无其事的模样，也没有勇气与他们见面。

　　武彦庄司想到这里，走到大门口向看门少年编造有事外出的理由，三步并作两步地走了。

　　武彦庄司在大街上漫无目的地到处走，走了近两个小时，才使他下定决心去明智小五郎那里。

　　只有尽快与明智小五郎商量，才是唯一的办

法。武彦庄司边思考边喊了一辆出租车，吩咐司机朝明智侦探事务所驶去。这时候，时钟已经指向七点三十分，夜幕已经降临。

好在明智小五郎在家，武彦庄司也顾不上说什么客气话了，把夫人由美子的保险记事簿递给他。

"这是夫人由美子的保险记事簿，记载了一些非常重要的情况，请过目。"

"呵，写得还真不少呢！"

明智小五郎靠在椅子上，跷起二郎腿，开始阅读。

武彦庄司屏住呼吸，全神贯注地注视着明智小五郎脸上的表情变化。当明智小五郎看到一半的时候，习惯性地用右手梳理着头发。

这是他最兴奋的行为举止，眼睛里闪射出异样的目光。

明智小五郎用四十分钟的时间看完了这本记事簿，其间，不时地用铅笔把一些重要章节摘抄在自己的笔记本上。

最后，他微笑着对武彦庄司说："一看到记事簿上的锁舌有点歪斜，就知道你没有开启它的钥匙。一定是你把它偷偷拿来给我看的吧？”

“是的。”

“你怎么知道她有这本记事簿？”

武彦庄司把前几天去由美子房间，看见夫人慌慌张张把它藏在抽屉里的经过说了一遍。明智小五郎听后眼睛一亮，似乎更加胸有成竹了。

“你最好把它放在原来的抽屉里，这是礼貌。”

武彦庄司一听这话急了，赶紧问道：“记事簿上的锁舌已经歪斜，放回去肯定遭到她的怀疑。”

“没关系，就这么点歪斜不会锁不上，只要把锁舌恢复到原来的形状就可以了。来，我把它修正。”

明智小五郎说完，从隔壁房间搬来工具箱，用工具矫正锁舌。没想到他修锁时，手指特别灵活，这令武彦庄司惊讶不已。

“瞧！可以锁上了。当然，如果仔细看是不难发现的。不过，她就是发现了也不会给你带来什么麻烦。把锁修好放回原来的抽屉里，是干我们这一行的礼貌。"

明智小五郎又说了一些武彦庄司不懂的礼仪之类的话，让他把修好的记事簿带回去。

"把它放回原处，脸上还要装作若无其事的模样吗？"武彦庄司尴尬地问。

"哦，那样做确实有难度，可你要尽量去做。其他，你就别担心了，我会全力以赴的。警察局嘛，我也不通知了。接下来，我一个人出马展开侦查，必须找到确凿的证据。看了由美子的推理，说实在的，太妙了！可那不是推理，只不过是猜测而已。可以这么说，她连一丁点儿的确凿证据都没有。好吧，我已经有很长时间没有冒过险了，这回准备冒一回险。"

明智小五郎高兴地笑了，可武彦庄司不明白其中的意思。

"那，明智先生，我现在就回去，把它放回夫人的抽屉里。"

"好好，尽量像演戏一样，一定要装作什么也没有发生一样。"

武彦庄司回到大河原义明家，已经是九点三十分了。等到大河原夫妇走进卧室睡觉后，他悄悄潜入夫人的休息室，把记事簿放回原来的抽屉。

那以后的第三天，即二十一日的下午，由美子走进武彦庄司的房间。两天来，武彦庄司为了避开夫人故意敬而远之。可夫人却主动找上门来，进入房间后随即把门关上，走到武彦庄司写字桌旁边，两眼紧盯着武彦庄司。

武彦庄司立刻明白了，不由得低下头望着桌子，心扑通扑通地直跳。

"我丈夫今天很晚回家，我想带你出去一下好吗？"

夫人说这话时的语气，好像没有发现武彦庄司的神情，表情也与平时没有什么两样。

武彦庄司看过那本保险记事簿里的文字，心里总觉得不是个滋味，恨不能往地洞里钻。

"傍晚五时，请在市谷车站那儿等我。我办完其他事情，五点左右会坐出租车来到市谷车站接你。随后，坐我的车跟我一起到外面走走。记住了吗？"

武彦庄司点点头。

傍晚五时还没到，武彦庄司已经早早站在市谷车站等候，眼睛盯着一辆辆过往的出租车。

周围渐渐变暗，不一会儿，路灯亮了起来。

五时整，一辆出租车停在武彦庄司面前。车门自动打开，由美子向他招了招手，武彦庄司钻进车里。由美子仍然身穿平时外出的服装，没有经过什么特别修饰。

"到哪里去？"

"你马上就会知道的，我带你去一个非常好的地方。"

车在大街上飞驰了五六分钟。

"司机，请在这里停车！"

由美子吩咐司机，车停了下来。道路两侧，一边是鳞次栉比的楼房，一边是空旷的平地，给人一种寂寞凄凉的感觉。

这一大片空荡荡的平地上，还留有建筑物拆除后的痕迹，周围杂草丛生。

"就是这里，请跟着我走。"

由美子下车后，朝一大片草地走去，步子迈得很快。此刻，夜色浓浓，伸手已经不见五指。

一个名门望族的夫人，为何要来这种地方？到这里究竟想干什么？真让人捉摸不透。

"那片废墟下面有地下室，是混凝土浇筑的，面积也不小。上次我经过这里的时候，曾去地下室看了一下。"

也许这位贵族小姐正像她日记上写的那样——喜欢冒险，才发现了这个鲜为人知的地下室吧？武彦庄司越发感到不安起来。

看来她已经知道我偷看了她的记事簿，也许把我带到这里教训我。倘若她在地下室里大声训斥，暴跳如雷，我该怎么对付呢？明智小五郎叮嘱过我，一定要装作什么都不知道的模样。可一旦被问及此事，能推说不知道吗？唉！撒谎真是太难了。武彦庄司边走边想。

忽然，走在前面的由美子停住了脚步。瞧！她的脚边是一个洞口，里面黑乎乎的。

"就在这里。我带了手电，能看清楚。你害

怕吗？"

怕倒不存在，可这样的地方让人觉得不是滋味。武彦庄司心里直嘀咕。可眼下站在自己面前的，是一位美丽而又善良的夫人。

尽管洞里一片漆黑，天色也已经黑得看不见由美子脸上的表情。可她说话的语气十分平稳，没有异样的感觉。

突然，武彦庄司恍惚起来，像进入梦游世界那样朝洞里走去。

"武彦，为了不让外人看见我们进去，只能摸黑走路，到了地下室才能打开手电。"

由美子一边说一边走在前面带路，慢慢地朝地下室里走去。黑乎乎的地下室，好像是一座仓库，面积大约十平方米，前后左右都是水泥墙。

地面比较高，没有积水，非常干燥，根本嗅不到潮湿导致的霉变味。尽管已经是寒冬腊月，可室内与室外的温度完全不一样，非常暖和。

从洞口进到地下室的这段路，由于没有灯光，只能靠脚的感觉往下走。稍不留神，就可能跌倒。

快速走在前面的由美子，突然"哎呀"叫了一声，随即消失得无影无踪了，好像一直滚到了地下室的地面上。

"怎么啦？夫人。"

武彦庄司慌张起来，快速沿着楼梯朝下面走去。

就在这时候，武彦庄司的脚也不知被什么东西绊倒，身体猛然失去平衡，沿着楼梯朝下滚去。当他还没弄清是怎么回事时，身上已被软中带硬的东西一道道给缠了起来，两只手腕钻心般地疼痛起来。

猛然间，武彦庄司醒悟过来。

就在这时候，一道强烈刺眼的光束正对着他。

"怎么，感觉到了吧？"由美子手持手电筒轻声地说。

武彦庄司隐隐约约看见由美子正紧盯着自己，慌慌张张地打算爬起来，可手脚已经失去自由。

手脚似乎被细而结实的东西缠了一道又一道，根本无法动弹，脚腕也开始剧烈地疼痛起来。

"啊，疼死我啦！"武彦庄司不由得喊出了声。

缠住武彦的不是绳子，而是一个可以变形的铁丝网罩。其特点是，人一旦被它罩住就不能乱动，否则会越缠越紧，铁丝嵌入肉体里让人产生剧痛。武彦庄司干脆不再动弹，但脑袋开始麻木般地疼痛起来，浑身上下没有一点力气。

由美子在黑暗里来回走着。突然，走动的声音好像渐渐远去，手电灯光也瞬间消失了。

怎么，夫人把我扔在这里不管了？这到底是怎么啦？武彦庄司惊慌起来。瞬间，夫人的脚步声由远及近，在武彦庄司耳边响起。

"我怎么啦？明明是滚下楼梯的……是谁把我绑起来的？"

武彦庄司朝着站在黑暗中的由美子大声喊叫。

"是我把你绑起来的！现在，单凭你自己的力量是无法松绑的。"

夫人由美子回答得十分干脆，语气里充满了非常得意的口吻。

"为什么？请别扔下我！我要离开这里。"

"你不能离开这里。你将永远留在这里！"

"永远？为什么？啊……"

武彦庄司突然领悟了这两个字的真正意思。

"是的。"

"为，为什么？"

"难道你不知道为什么吗？你不仅偷看我的日记，甚至还拿给明智大侦探看！你是一个吃里爬外的家伙……就这些，我也不想再对你说了。我的目的已经达到，多谢你钻进我设置的圈套，也可以说你帮了我的大忙！不仅是你上了我的当，连明智大侦探也上了我的当！真是一箭双雕！"

武彦庄司什么都明白了，虽看不清夫人的脸，可两眼怒视着她。

由美子此时此刻的说话声音和语调，一扫平时慈祥、善良的语气，与原先的大河原义明夫人判若两人，像一个十足的恶妇、泼妇。

突然，武彦庄司的下巴被软绵绵的东西摩擦了一下，是手绢之类的东西！

顿时，喉咙口好像被什么东西堵住了。

"你这副模样很可怜，虽说你帮过我的大忙，可我现在是不能放你回家的，不然的话，我的全盘计划就会因最后一步的失败而前功尽弃。武彦，你看了日记以后是怎么想的？快说给我听听！"

武彦庄司一声不吭，颈部被丝绢之类的织物缠了一圈，渐渐收紧。由于手脚都不能动弹，武彦庄司无法解救自己。

"鱼见崎悬崖、神南庄房间，都很危险！都有被侦破的可能。可这里很保险，除了我不会有别人来这里。只有今天晚上这段时间，还是属于你的。明天你的生命如何，我就不能保证了。你的死，又将给大河原义明增添一条罪名……大河原呀大河原，你是十恶不赦的大坏蛋！"

随着颈部那条绢带的紧缩，武彦庄司的嘴巴已经不能动弹，脑袋里不时地发出咚咚咚的声音，眼睛开始直冒金星。

真相大白

"你是谁？"

突然，由美子声嘶力竭地喊道。她感到身后好像有人，黑暗中伸出的两只虎钳般的手将她敏捷地抓住，接着将她按倒在地，紧接着将她五花大绑。

由美子死死挣扎，可一切为时已晚。

"你是谁？"

由美子绝望了，重复刚才的提问。

突然，地下室被强烈的灯光照得亮堂堂的。

武彦庄司一阵头晕目眩后总算看清楚了，这是一个额头上扎黑巾，从上到下黑色装束，个头高大的男子。

"不认识我了？我就是那个驾驶出租车载你们来这里的司机。你们一下车，我马上把车停在附近，化装后悄悄地进入地下室。你刚才到地下室洞口的时候，核实过地下室确实没人。当时，我是匍匐着过来的。就像你看到的这样，浑身上下都是黑色打扮，所以你没有发现我。可我从一开始就注意你了，虽然地下室里一片漆黑，但你的声音我听得非常清楚。"

从黑色男子的说话声音和语气中，由美子已经明白，来者是大侦探明智小五郎。她默默无语，紧咬着鲜红色的嘴唇，目不转睛地望着他。

"我是明智小五郎，你不会想到吧？我曾一直想与你单独谈一次，就是找不到机会。这机会，现在终于来了！武彦，被绑在地上很痛苦吧？好，我现在帮你解开。"

明智小五郎弯下腰，三两下就让武彦庄司恢复了自由。可明智小五郎的两眼，始终没有离开由美子的脸，此刻最担心的是她可能趁机自杀。

"你怎么知道我要外出？而且是到这里来？"

"那是看了你的日记后估计到的。为了让我看你的日记，你故意编造假象，引诱武彦偷看你的保险记事簿……但是，你聪明反被聪明误，被我一眼识破。试想，我怎么会上你的当？如果是别人，也许会听从你的指挥和调遣。我可是日本第一大侦探，不会轻易听别人指挥的。尤其你这种不堪一击的伎俩，在我这里根本就行不通！"

"明白了，我认输。"

"从你的日记，我察觉到第四个被害人不久又将出现。于是我潜入你家，昼夜观察你和大河原先生的行动。今天中午过后，你到武彦房间约他外出。当时，我正埋伏在武彦房间的窗外。你多半不会察觉窗外有人吧？我稍稍考虑了一下，干罪恶勾当的话，你是不会使用自备车的，而是叫出租车。于是，我化装成出租车司机停在路边恭候你的光临。"

明智小五郎望着蜷缩在地上的由美子，侃侃而谈。

"武彦，你刚才差一点丢了命。这女人为什么一定要暗害你呢？也许是看了那本保险记事簿的缘故？可看记事簿的人，不光是你，还有我呀！由美子女士，正是看了你的那本记事簿，我才完全弄清你的真实面目。当然，本案一开始就数你的疑点最大。

"还记得吗？我曾拜访过你家，仔细观察过你们夫妇俩的表情。假设你俩中间有一个罪犯，那不是大河原先生，而是你！那次拜访，说是和大河原先生探讨案情，而我本意是观察你们俩的表情和反应，引蛇出洞，请君入瓮，引诱罪犯再度出手。果然，罪犯按我的意图行动了。我也预测到，我离开贵府后的几天里，你可能会抓紧写些日记什么的，故意装作神秘的模样引诱武彦上当。

"武彦到你的房间发现记事簿后，你表现出很惊慌的样子，将它藏在抽屉里。实际上，这是你设下的圈套。你的日记写得太好了！一切都像你在日记上写的那样，你也真是那么一一付诸了行动……当然，那不是大河原先生做的。我对你写的日记应该给予满分。不仅圈套设计得几乎无懈可击，而且目标直指大河原，制造只有大河原先生才有作案时间和作案动机的假象。无论谁看了你那本记事簿，大都会认为大河原先生就是罪犯。你在日记簿上这样写道：姬田被害案发生的时候，大河原先生故意飘落手中的白手帕。你这样写，企图误导那些喜欢侦探推理小说的作家。可我不会上你的当，我一贯喜欢逆向思维。

"当时，你站在大河原先生的身边，是你用手指轻轻地弹了一下那块手帕，使它朝空中飘落。如果手帕是你弄飞的，凶手无疑就是你。我一边看那本记事簿，脑子里一边想象着你当时的举止。根据日记以及种种迹象来推断，凶手就是你！指使村越在鱼见崎悬崖的树丛里操纵模特坠海的人，是你。为了得到你的信赖，姬田与村越从相互斗嘴直至斗殴，甚至发展到势不两立的地步。村越天真地相信你说的那些骗人的鬼话，除掉姬田就能讨你的喜欢。

"那天，设置你没有作案时间假象的，是那美妙的钢琴声。当时，钢琴声一直没有间断，可谁也不知道你是否真在房间里。我在热海别墅那儿搜查到一台录音机，顿时恍然大悟。只要有录音机，一个小时左右的钢琴声是不难录制的。用录音机里的琴声取代你弹钢琴，是最方便不过了。你把事先准备好的丈夫的西装穿在身上，戴上呢帽，从二楼翻窗爬到屋檐上，再沿着屋檐下到院子里，从边门溜出去。接着穿过树林，很快来到悬崖的那棵松树下。姬田早就在那里等候你的出现，是这样吧？"

由美子一声不吭，只是一个劲地点头。

"你趁姬田不注意时，把他从悬崖推入大海。姬田连做梦也没有想到，你竟然是一个如此狠毒的女人。返回别墅的时候，你选择了一条与来时相反的路线，到家后脱下西装，关掉录音机。接下来的钢琴声，确实是你自己弹的。

"杀害村越的手法，与杀害姬田基本相同。指使村越搬迁到神南庄的，是你。指使村越吩咐大吉买枪的，也是你。可你却在日记簿上说，大河原先生那天晚上有作案时间。可你同样也有作案时间。

你说你一直在房间里，那并不能证明你没有作案时间。放录音和把所有钟的时间拨慢，都是你干的。这一切，就像你在日记上坦白的那样。只要把你和保险记事簿上的大河原先生交换一下位置，一切就能真相大白。

"杀害画家大吉的手法是这样的。曾经，你从村越那里知道了大吉的许多情况。在你杀害村越的前一天，你编造某些理由让村越邀请大吉出来与你约会。在大河原先生回家之前，你迅速赶到约定地点。那一带一到傍晚就没有行人，非常冷清。在那里实施杀人，不用等到天黑就可动手。我所说的这一切，也只有你能办到。但是，我必须掌握证据和弄清你的动机。为此，我一直在冒险跟踪你。现在，我已经证据在握。你一定错误地认为，我会相信你在日记上写的一切，视大河原先生为凶手。另外，你还在实施新的犯罪计划。

"在那天晚上端给大河原先生喝的红茶里，你倒入毒粉企图毒死他。一旦大河原先生死后，你便拿出那本记事簿，打开锁翻到你写的有关大河原行凶的那个章节，与白色鹅毛一起放在尸体的旁边，以编造大河原先生坦白罪行后感到歉疚而自杀的假象。让警方误以为，大河原先生察觉你写的秘密日记，打开锁看完后以为自己末日来临，畏罪自杀。

"现在，我要说说你最后为什么要杀害自己的丈夫大河原先生。你的犯罪动机，也许是出于你所认为的复仇吧？其实，你真正的目标是杀害大河原先生。因为，你认定大河原先生是你不共戴天的仇敌。自从你的双亲相继去世后，你发现原先家中的巨额财产一夜之间不知不觉地消失了，唯一留给你的只有楼房。你的双亲，生前都是大河原先生的朋友。于是，有关财产的去向，你开始展开调查。根据你的调查，认定父母的财产都是被大河原先生用巧妙手法侵吞的。恰巧当时，大河原先生的许多企业非常红火，财产急剧增加。于是，你更加坚信自己的判断。你是这样想的吧？其实，大河原先生觉得你独自一人在家空守楼房，非常同情和怜悯你。加之自己的结发妻子因病去世多年，故娶你为妻。可你却误解了他的一片好意，恩将仇报。你恨他，更想杀他，但又对自己的安全十分在乎，不想与他同归于尽，或者作案后锒铛入狱。为此，你反复进行研究，可以说是绞尽脑汁。终于，你想出了连续杀人并嫁祸于大河原先生，让他为你承担杀人罪名后再把他毒死，制造畏罪自杀的假象。为了达到这一目的，你居然一连夺走了三条人命，就连武彦也差一点难以幸免。由美子女士，我所说的这些，有什么说错的地方吗？如果我说的不是事实，你可以反驳。怎么样？说吧！"

此刻，由美子像泄了气的皮球，耷拉着脑袋，一双罪恶的眼睛朝着地面，不敢正视明智小五郎。过了好一阵子，喉咙里终于挤出嘶哑的声音："你说得没有错，我本想等武彦死后，再把这罪名推到大河原先生的身上。本来，我回家后杀害大河原先生，以制造他畏罪自杀的假象。遗憾的是，我这最后一招被你识破无法实现。我完了，一切都完了！我是罪有应得，呵呵呵……"

美丽的贵妇人，由于明智大侦探握有确凿的证据，终于原形毕露，对于自己所犯的罪行供认不讳。

最终，这起连续杀人案真相大白。

突然，由美子歇斯底里地大声狂笑。

接着，狂笑声戛然而止了。

"哦，怎么啦？"

明智小五郎和武彦庄司上前一看，只见由美子在地上挣扎扭动了几下，终于不再动弹。

可她的嘴角还留着刚才狂笑的迹象。

"是服毒自杀！"明智小五郎自言自语。

不知何时，由美子咬碎了含在嘴里的毒粉胶囊外壳，已经气绝身亡。

"真是蛇蝎美人啊，唉！"

明智小五郎说话时语气很平静。

他把手帕盖在由美子的脸上，缓缓站起身来……

江户川乱步年谱

1894年　出生

本名平井太郎，10月21日出生于三重县名张市，为家中长子。父平井繁男，时任名贺郡官府书记员。母平井菊。

1897年　3岁

因父亲工作调动，举家搬迁至名古屋市。

1901年　7岁

4月，进入名古屋市白川寻常小学就读。

1903年　9岁

《大阪每日新闻》连载菊池幽芳的《秘密中的秘密》，母亲每晚都会念给他听，从此对侦探故事萌生了极大兴趣。

1905年　11岁

4月，进入市立第三高等小学。协助父亲采用胶版誊写版印刷和发行少年杂志。二年级时喜欢上了押川春浪的武侠冒险小说。

1907年　13岁

4月，升入爱知县立第五初级中学。读到黑岩泪香的《岩窟王》，印象特别深刻。

1908年　14岁

其父开设平井商店，主营进口机械的贸易销售，兼营外国保险代理和煤炭销售业务，并采购全套铅字，印刷和发行《中央少年》杂志。秋天，开始在学校附近租借宿舍，独立生活。

1910年　16岁

与要好同学坐船到中国的东北地区旅行。

1912年　18岁

3月，初中毕业。因喜欢出版事业，与同学到处奔走、筹备。6月，其父开设的平井商店破产倒闭。由于失去了学费来源，没有继续上高中。随父亲坐船到朝鲜马山，从事垦荒和测量工作。8月，只身赴东京勤工俭学，以优异成绩考入早稻田大学预备班，白天上学，晚上寄宿在东京都本乡汤岛天神町的云山印刷厂，逢休息日打工。12月，迁到春日町借宿，业余时间靠誊写挣钱。

1913年　19岁

春，与祖母在东京牛込喜久井町生活，重读黑岩泪香等著名作家写的侦探小说。曾计划印刷和发行《少年新闻报》。8月，预备班毕业，考入早稻田大学经济学专业学习。

1914年　20岁

春，与同学创办《白虹》杂志，利用业余时间阅读爱伦·坡、柯南·道尔等英国作家的短篇侦探小说。为了阅读侦探小说，辗转于各大图书馆，所做的笔记装订成册，称为《奇谈》。

1915年　21岁

其父回国供职于某保险公司，在牛込与全家一起生活。继续阅读外国侦探小说，并悉心研究"暗号通讯文书"的由来、规则和特点。

1916年　22岁

8月，毕业于早稻田大学经济学专业，入职大阪府贸易商加藤洋行。

1917年　23岁

5月，从加藤洋行辞职，在伊东温泉开始阅读谷崎润一郎的作品《金色之死》，执笔撰写电影评论文章。11月，入职三重县鸟羽造船厂电机部，参与内部杂志《日和》的编辑。

1918年　24岁

4月，其父再赴朝鲜工作。与鸟羽造船厂的同事组织"鸟羽故事会"，在各剧场、小学巡回。冬，在坂手村小学结识村上隆子。

1919年　25岁

辞职到东京。2月，与两个弟弟在东京本乡驹达町经营一家旧书店"三人书房"。7月，在书店二层编辑《东京PACK》杂志。11月，开设中华面馆。同年，与村上隆子成婚。

1920年　26岁

2月，入职东京市政府社会局。10月，关闭旧书店，入职大阪时事新报社，担任记者，经常与井上胜喜谈论侦探小说，开始撰写《两分铜币》。

1921年　27岁

3月，长子平井隆太郎诞生。4月，在东京担任日本工人俱乐部书记。

1922年　28岁

8月，辞职后回到大阪府外守口町的父亲家，与父亲一起生活。9月，《两分铜币》《一张收据》完稿，正式向某杂志社投稿，但未被采用。不久，改投《新青年》杂志，经审定采用。12月，入职大桥律师事务所。

1923年　29岁

4月，《两分铜币》在《新青年》刊载，小酒井不木博士长文推荐。7月，《一张收据》在《新青年》刊载，辞去大桥律师事务所工作，入职大阪每日新闻社广告部。

1924年　30岁

4月，关东大地震，全家迁回大阪。7月，在《新青年》发表《二废人》。10月，在《新青年》发表《双生儿》。11月底，离开大阪每日新闻社，成为职业作家。

1925年　31岁

1月，在《新青年》增刊发表《D坂杀人事件》，名侦探明智小五郎首次登场。到名古屋拜访小酒井不木。之后，到东京拜访森下雨村，结识《新青年》派作家。2月，在《新青年》发表《心理测试》。3月，在《新青年》发表《黑手》。4月，在《新青年》发表《红色房间》，与春日野绿、西田政治、横沟正史等作家发起创建"侦探兴趣协会"。5月，在《新青年》发表《幽灵》。7月，在《新青年》发表《白日梦》《戒指》。8月，在《新青年》增刊发表《天花板上的散步者》。9

月，在《新青年》发表《一人两角》，在《苦乐》发表《人间椅子》；其父逝世。10月，成立"新兴大众文艺作家协会"。

1926年　32岁

发表侦探小说《噩梦塔》（直译名《幽鬼之塔》）等多篇作品。12月，在《朝日新闻》上连载《畸心人》（直译名《侏儒法师》）。

1927年　33岁

3月，停笔，与妻平井隆子开设"宿舍租借有限公司"。不久，独自外出旅行，到日本海沿岸、千叶县沿岸等地；10月，到京都、名古屋等地；11月，与小酒井不木、国枝史郎、长谷川伸和土师清二等人创建大众文艺民间合作组织"耽绮社"。

1928年　34岁

3月，出售早稻田大学附近的宿舍。4月，买下东京户塚町源兵卫一七九号的房屋。同年，发表《丑角师》（直译名《地狱丑角师》）。

1929年　35岁

1月，在《新青年》发表《噩梦》。6月，发表处女随笔《恶魔王》（直译名《恐怖的魔王》）。8月，在《讲谈俱乐部》连载《蜘蛛男》。

1930年　36岁

5月，改造社出版《孤岛之鬼》。7月，在《讲谈俱乐部》连载《魔术师》。9月，在《国王》连载《黄金假面人》。10月，讲谈社出版《蜘蛛男》。

1931年　37岁

5月，平凡社出版《江户川乱步选集》13卷。同年，出版《迷重重》(直译名《钟塔的秘密》)、《暗黑星》和《邪与恶》(直译名《影男》)。

1932年　38岁

3月，停笔，带全家外出旅游，先后到过京都、奈良、近江等地。

1933年　39岁

1月，加入大槻宪二创建的"精神分析研究会"，每月出席例会，并为该会《精神分析杂志》撰稿。4月，长子平井隆太郎升入大阪府立第五初中学校。同年，好友山本直一辞去博物馆工作，担任江户川乱步的助手。12月，在《国王》连载《红蝎子》(直译名《红妖虫》)。

1934年　40岁

发表《恐吓信》(直译名《魔术师》)、《黑天使》和《不归路》(直译名《死亡十字路》)。

1935年　41岁

1月，平凡社陆续出版《江户川乱步杰作选》12卷。6月，春秋社出版《人形豹》。9月，编写《日本侦探小说杰作集》，由春秋社出版，并发表长篇评论文章。

1936年　42岁

1月，在《讲谈俱乐部》连载《绿衣人》；在《少年俱乐部》连载《怪盗二十面相》。5月，春秋社出版评论集《鬼的话》。12月，讲谈社出版《怪盗二十面相》。

1937年　43岁

1月，在《讲谈俱乐部》连载《噩梦塔》(直译名《幽鬼之塔》)，在《少年俱乐部》连载《少年侦探团》。战争爆发后，政府当局对于出版物的审查越来越严格，江户川乱步的所有小说被禁止出版发行，不得不停止撰写侦探小说。为了生活，江户川乱步借用别名为少年儿童撰写探险小说。后来，当局只允许江户川乱步撰写防谍反特小说，在杂志和报纸决定连载前，必须经过外交部、内务部、警视厅和宪兵机构的联合审查，达成一致意见后方可使用江户川乱步的名字刊登。由于公开抗议，被勒令停止写作，结果只写了一部小说。

1938年　44岁

1月，在《少年俱乐部》连载《妖怪博士》。3月，讲坛社出版《少年侦探团》。4月，新潮社出版《噩梦塔》。9月，新潮社出版《江户川乱步选集》10卷。

1939年　45岁

1月，在《讲谈俱乐部》连载《暗黑星》，在《少年俱乐部》连载《蒙面人》。2月，讲谈社出版《妖怪博士》。

1940年　46岁

2月，讲谈社出版《蒙面人》。7月，因心脏不适住院治疗。10月，与同人创立"大政翼赞会"。

1941年　47岁

7月，非凡阁出版《噩梦塔》。12月，任东京池袋丸山町防空会长。

1942年　48岁

任东京池袋北町会副会长，以"小松龙之介"的笔名连载《聪明的太郎》。

1943年　49岁

与著名作家井上良夫书信往来，交流对欧美侦探小说的看法。8月，开始连载科幻小说《伟大的梦》。11月，东京大学文学部在读的长子平井隆太郎被征召入伍，为其举行送别会。

1944年 50岁

出任行政监察随员助手，后在町会领导下开设军需品加工厂生产皮革制品。

1945年 51岁

4月，家属被疏散到福岛，自己则只身留在东京池袋，继续担任町会副会长。6月，因病被疏散到福岛。8月，在病床上听到裕仁天皇宣布无条件投降，平井隆太郎从土浦飞行队退役。11月，举家迁回池袋。

1946年 52岁

6月，倡议成立"侦探小说星期六研讨会"，每月开一次例会。

1947年 53岁

6月，"侦探小说星期六研讨会"更名"侦探作家俱乐部"，被选举为第一届主席。11月，到关西等地演讲，普及和推广侦探小说。没有新作问世，但旧作再版达31部。

1949年 55岁

1月，在《少年》连载《青铜怪人》。6月，再度当选侦探作家俱乐部会长。11月，光文社出版《青铜怪人》。

1950年　56岁

1月，在《少年》连载《虎牙》。3月，在《报知新闻》连载《断崖》，为战后首部短篇侦探小说。12月，光文社出版《虎牙》。

1951年　57岁

1月，在《趣味俱乐部》连载《恐怖的三角馆》，在《少年》连载《透明怪人》。5月，岩谷书店出版评论集《幻影城》。12月，光文社出版《透明怪人》。

1952年　58岁

1月，在《少年》连载《怪盗四十面相》。3月，评论集《幻影城》荣获侦探作家俱乐部授予的"第五届优秀侦探小说勋章"。7月，辞去侦探作家俱乐部会长一职，任名誉会长。12月，光文社出版《怪盗四十面相》。

1953年　59岁

1月，在《少年》连载《宇宙怪人》。12月，光文社出版《宇宙怪人》。

1954年　60岁

1月，在《少年》连载《塔上魔术师》。10月，日本侦探作家俱乐部、东京作家俱乐部和捕物作家俱乐部联合主办"江户川乱步六十大寿庆典"，会上正式设立"江户川乱步奖"。《别册宝石》第四十二期杂志作为

"江户川乱步六十周岁纪念特刊"，《侦探俱乐部》十二月号杂志也作为"乱步花甲纪念特刊"。著名作家中岛河太郎编纂和发行《江户川乱步花甲纪念文集》。11月，映阳堂出版《江户川乱步选集》10卷。12月，光文社出版《塔上魔术师》。

1955年　61岁

1月，在《趣味俱乐部》连载《影男》，在《少年》连载《海底魔术师》，在《少年俱乐部》连载《灰色巨人》。5月，举行首届"江户川乱步奖"颁奖仪式。11月，在三重县名张市举行"江户川乱步诞生地"树碑庆贺仪式。12月，光文社出版《海底魔术师》《灰色巨人》。

1956年　62岁

1月，在《少年》上连载《魔法博士》，在《少年俱乐部》上连载《黄金豹》。1月24日，"日本翻译家研究会"成立，出任研究会顾问。2月，出任"日本文艺家协会语言表述问题专业委员会"委员。4月，发表《英文翻译侦探小说短篇集》。8月，接任《宝石》杂志主编。11月，光文社出版《马戏团里的怪人》《魔法玩偶》。

1957年　63岁

1月，在《少年》连载《夜光人》，在《少年俱乐部》连载《奇面城的秘密》，在《少女俱乐部》连载《塔上魔术师》。12月，光文社出版《夜光人》《奇面城的秘密》《塔上魔术师》。

1959年　65岁

1月，在《少年》连载《假面具背后的恐怖王》。11月，桃源社出版《欺诈师与空气男》，光文社出版《假面具背后的恐怖王》。

1960年　66岁

1月，在《少年》连载《带电人M》。4月，出任东都书房《日本侦探推理小说大集成》编辑委员。

1961年　67岁

4月，成为文艺家协会名誉会员。7月，出席"江户川乱步从事侦探小说创作四十周年庆典"，桃源社出版《侦探小说四十年》。10月，桃源社出版《江户川乱步全集》18卷。11月3日，荣获日本政府颁发的"紫绶褒勋章"。

1963年　69岁

1月，"日本侦探作家俱乐部"升格为社团法人"日本推理作家协会"，被一致推选为第一届理事长。8月，再次当选，坚辞不受，亲自提名松本清张接任第二届理事长。

1965年　71岁

7月28日，突发脑出血逝世，戒名智胜院幻城乱步居士。获赠正五位勋三等瑞宝章。8月1日，在青山葬仪所举行日本推理作家协会葬，墓所位于多摩灵园。

译后记

  我1981年8月考入宝钢翻译科从事翻译工作，1982年初开始从事日本文学翻译，1983年2月首次发表日本文学译作。四十余年来，我一直致力于中日民间文化交流，尤其是翻译了日本推理文学鼻祖江户川乱步的作品全集，由衷地感到欣慰和满足。

  《江户川乱步全集》共46册，数百万言，历经数个寒暑才翻译完成。回首往事，第一天坐在桌案前写下第一行译文的情景仍历历在目。为了解江户川乱步的创作思想、创作背景和准确把握作品的神韵，除反复阅读其所有小说作品外，我还遍览《侦探推理文学四十年》《乱步公开的隐私》《幻影城主》《奇特的立意》和《海外侦探推理文学作家和作品》等乱步的随笔和评论集。并专程去了坐落在东京丰岛区池袋的江户川乱步故居考察，到日本国家图书馆查阅了有关江户川乱步的许多资料。

为了让更多的人了解江户川乱步，我在《新民晚报》先后发表了《江户川乱步，日本侦探推理文学的先驱》《日本的福尔摩斯》《江户川乱步的起步》《徜徉少年大侦探系列》《徜徉青年大侦探系列》，接受了腾讯视频、东方电视台、《上海翻译家报》、沪江网、日语界以及日本青森电视台、《东粤日报》、《朝日新闻》、《产经新闻》、《中日新闻》的相关采访。

鲁迅说："伟大的成绩和辛勤劳动是成正比的，有一分劳动就有一分收获。日积月累，从少到多，奇迹就可以创造出来。"我历经数年辛劳翻译的这版《江户川乱步全集》，2004年4月被乱步故里日本名张市政府收藏，2020年10月又被日本驻上海总领事馆收藏，并荣获国际亚太地区出版联合会

APPA翻译金奖，其中的"少年侦探团系列"荣获国家新闻出版总署优秀少儿图书三等奖。

江户川乱步可以说是日本推理文学的代名词，江户川乱步奖是推动日本推理文学作家辈出的巨大动力，《江户川乱步全集》是世界侦探推理文学的瑰宝。希望通过这套《江户川乱步全集》，可以让更多的读者共同享受推理文学的乐趣。

2021年元旦于上海虹桥东华美寓所